フランス
文学は
役に立つ!

『赤と黒』
から
『異邦人』まで

鹿島 茂 Shigeru Kashima

まえがき

préface

私は古本集めが好きということからわかるように、「世間の人がまったく価値を認めていないもの」の中に価値を見いだし、そこから新しい価値体系をつくりだすことを、大袈裟にいえば「人生の目的」にしてきました。私の著作はたいていこうした観点から書かれたものです。

　ところで、フランス文学を専門にしようと決意してから40年近くたった今日、なんとしたことでしょう、気がつけば、我が愛するフランス文学が「世間の人がまったく価値を認めていないもの」の仲間入りをしているようなのです。新刊書店の棚ではフランス文学の占める面積がますます狭くなり、大学のフランス文学科はどこも定員割れが続いて存廃の岐路に立たされています。

　「これはまずい！」と思いました。そこで、「読む価値なし」と見なされてしまったらしいフランス文学の中に蘇らせるべき価値を探すことにしたのです。具体的にいえば、現代日本の社会を理解するのに何かしら「役に立つ」ようなものはないかと考えて、昔親しんだフランス文学を読み返してみたのです。

　すると、驚いたことに、「役立つ」ものがたくさん見つかったのです。

　個（自我）と家族、個（自我）と社会の関係に関するものでした。それには大きな理由があります。

préface

フランスは大革命の人権宣言に明らかなように、個こそが最も尊い価値であり、社会の目指すべき方向は個の解放にあると定めた最初の国だからです。ようするに、1人の人間が自分の人生を自分の好きなように使って「やりたいことをやる」と思ったとき（これを、普通、「自我の目覚め」と呼びます）、たとえ家族や社会のルールとぶつかろうと、基本的にはそれを貫くのは「良い」ことだと見なした最初の国がフランスであり、フランス文学はその見事な反映だということです。

たとえば、無一文で無一物な若者が上の階級にはい上がろうとするときにどんな障害に出遭い、それをどのようにして克服してゆくのか（『ペール・ゴリオ』『赤と黒』）とか、あるいは、親が子どもに階級上昇の夢を託そうとしたとき子どもはどのような思いをするのか（『子ども』）とか、また、女性がだれの助けも借りず、結婚もせずに社会で生きてゆこうと決意するとどのようなかたちの恋愛が残されているのか（『シェリ』）とか、あるいは少年少女が大人になることを拒否して永遠に子どもの世界にとどまろうとするとどのような社会の掟と抵触するのか（『恐るべき子どもたち』）とか、フランス文学のテーマはいずれも「個」が「個」として生きる選択肢を選んだ場合の問題を扱っているのです。

ところで、ふりかえって現代の日本社会を

眺めてみると、これらのテーマはみな日本の社会がいま直面している問題にほかならないことがわかります。

なぜでしょう?

それは「個」の解放の先進国であるフランスが大革命後、あるいは第一次大戦後に直面した問題が、第二次大戦後にアメリカからの外圧を受けて遅ればせながら「個」の解放を始めた日本社会に、200年あるいは100年のタイムラグを伴って出現し、ようやくアクチュアルな課題となりつつあるからです。

裏を返せば、日本の社会はフランス文学を現代文学として読み得るまでに成熟してきたともいえるのですが、それならば、フランス文学を「役に立たない」「無価値なもの」と捨て去ってしまうのはあまりにもったいないということになります。

そう、いままさに、フランス文学は日本の社会にとって「役に立つ」ようになったのです。

このように、改めて「そうだ、フランス文学は役に立つんだ!」と思ったときに、タイミングよくNHK出版の「テレビでフランス語」の編集部からフランス文学入門のようなものを小説中心に執筆してもらえないかという提案をいただきましたので、まさに渡りに船でお受けして、毎月1作品ずつ小説を選んで、2年間連載を続けることになりました。

誰でも名前くらいは知っている名作から、

知る人ぞ知る隠れた名作まで24編を選んで、これを「いまの日本を理解するのに役に立つか否か」という観点から論じたのが「鑑賞」の部分ですが（単行本化にあたって「講義」と変えました）、その前に読者の理解を助けるために「あらすじ」をつけました。また、テレビのフランス語講座のテキストという性質もあり、フランス語の原文の中から重要なテキストを選んでみました。いずれも編集部の提案であり、私の発案ではありませんが、結果的にはこれがなかなかよい効果を生んでいると思います。

　本書をお読みになった読者が、これを導きの糸として、翻訳にしろ原書にしろ、フランス文学の作品を実際に手に取ってみることを強く希望します。そして、実際に読んでみて、「なるほど、フランス文学は役に立つ！」と実感されるようなことがありましたら、40年近くフランス文学に携わってきたものとしてこんな幸せはありません。

　最後に、連載時にご尽力いただいた石井麻奈美さん、それに単行本化に当たってお世話になった石浜哲士さんにこの場を借りて心よりの感謝を伝えたいと思います。

2016年6月6日　　　　　鹿島　茂

目次

table des matières

目次

第1章
17世紀〜18世紀文学
013

第2章
19世紀文学
055

第3章
世紀末文学
117

第4章
20世紀文学 I
169

第5章
20世紀文学 II
201

table des matières

まえがき	003
『クレーヴの奥方』(1678年)	014
『マノン・レスコー』(1731年)	024
『カンディード あるいは最善説』(1759年)	034
『アドルフ』(1816年)	044
『赤と黒』(1830年)	056
『ペール・ゴリオ(ゴリオ爺さん)』(1835年)	066
『カルメン』(1847年)	076
『シルヴィー』(1853年)	086
『ボヴァリー夫人』(1857年)	096
『レ・ミゼラブル』(1862年)	106
『子ども』(1879年)	118
『ボヌール・デ・ダム百貨店』(1883年)	128
『さかしま』(1884年)	138
『ベラミ』(1885年)	148
『にんじん』(1894年)	158
『失われた時を求めて』(1913年-1927年)	170
『シェリ』(1920年)	180
『恐るべき子どもたち』(1929年)	190
『嘔吐』(1938年)	202
『異邦人』(1942年)	212
『プティ・プランス(星の王子さま)』(1943年)	222
『壁抜け男』(1943年)	232
『日々の泡』(1947年)	242
『消しゴム』(1953年)	252

第1章

17世紀〜18世紀文学

"La Princesse de Clèves"

『クレーヴの奥方』

1678年

Madame de Lafayette

ラファイエット夫人

1634-93。小貴族の娘として生まれ、ラファイエット伯と結婚。パリのヴォジラール街にサロンを開き、セヴィニエ侯爵夫人、ラ・フォンテーヌ、ラ・ロシュフーコーらと親交を結んだ。実録小説『モンパンシエ公爵夫人』、スペインを舞台にした『ザイード』などの作品があるが、本作が最高傑作とされ、心理小説の伝統を創始した先駆的作品と見なされている。

ラファイエット夫人

Madame de Lafayette

| あらすじ | 愛姫ヴァランチノワ公妃ディアーヌ・ド・ポワティエが権勢を振るっていたアンリ2世(在位1547-59)の御代,名門シャルトル侯の親戚のシャルトル嬢が,王太子フランソワ(後のフランソワ2世)の妃となったスコットランド女王メアリー・スチュアートの侍女として宮廷にデビューし,その完璧な美貌で貴族たちを驚かせた。

シャルトル嬢を最初に見初めたのはクレーヴ大公だった。宝石商の店で偶然に出会い,恋に落ちたのだ。幸い,大公は母親のシャルトル夫人のお眼鏡にかない,シャルトル嬢と婚約にこぎつけたが,シャルトル嬢は未来の夫に尊敬の念を抱きこそすれ心のときめきはまったく感じなかった。結婚によりクレーヴの奥方(クレーヴ大公夫人)となったあとも気持ちに変化はなかった。

そんな折,国王主催の舞踏会が開かれ,クレーヴ大公夫人はイングランド女王エリザベスの花婿候補と目される評判の貴族ヌムール公と踊った。「2人が踊りだすと,大広間に賛嘆のどよめきが起こった」。ヌムール公はたちまち恋に落ちた。一方,大公夫人は夫には感じたこともないような胸のときめきを覚えたが,母親から貞女教育を授けられていたため,素知らぬふりを押し通し,ヌムール公に恋心を気取られずに済んだ。

娘の態度から事の重大さを知った母親はヌムール公への

"La Princesse de Clèves"
『クレーヴの奥方』／ラファイエット夫人 作

恋を断念させようとしたが，その矢先，病に倒れ，帰らぬ人となる。クレーヴ大公夫人は悲しみの余り，夫の領地に引きこもり，ヌムール公にも会おうとはしなかった。しかし，パリに戻り，王太子妃からヌムール公がイングランド女王との縁談を断ったのは恋のせいだと聞かされたとたん，その相手とは自分のことだと悟り，恋心が再び目覚めるのを感じる。

やがて，ヌムール公の愛を信じざるを得ない事件が起きる。クレーヴ大公夫人はヌムール公が自分の肖像画をこっそりと盗む現場を目撃したのである。夫人は困惑と同時に嬉しさを感じたが，夫から犯人は夫人に恋しているのだろうと指摘され，激しい自責の念を覚え，いっそヌムール公への愛を夫に打ち明けるべきではないかとさえ思う。

夫人が実行をためらっているうちに事件が起きる。さる女性からの愛の手紙をヌムール公が落とし，それが回り回って王太子妃のもとに届けられたのだ。手紙を読んだクレーヴ大公夫人は激しい嫉妬に駆られるが，やがて手紙を落としたのはヌムール公ではなく，いとこのシャルトル侯であったことが判明し，夫人は幸せな気持ちになる。さらに，手紙の取り違えで生じた紛糾の収拾のためにヌムール公がクレーヴ大公の家を訪れたことから，2人の親密の度合いは増すが，しかし……。

講義

『クレーヴの奥方』が取り上げる"最強"の主題

　『クレーヴの奥方』はフランス近代小説最初の傑作と呼ばれています。ストーリー展開ばかりか、登場人物の心理分析にも「なるほどそうだ」と思わせる必然性があり、時代状況や地理環境を考慮に入れずとも、十分、今日の読者の鑑賞にたえうるフィクションとなっているからです。なぜなのでしょう？

　それは、16世紀フランスのヴァロワ朝宮廷という、私たちとは掛け離れた時・空間が舞台となっているにもかかわらず、主題が「人妻の恋」という普遍的な問題だからではないでしょうか？　つまり、一夫一妻制という結婚制度が支配的な限り、不倫、とくに人妻の不倫は小説の「最強」のテーマであり、ヴァロワ王朝の宮廷だろうと、現代日本の社会だろうと、基本的に事態は同じであるからです。

　しかし、ルイ14世治下にラファイエット夫人がこの小説を刊行した時点(1678年)から数えても約340年、また舞台となっているヴァロワ王朝の時代からなら約450年もの年月がたっていますから、今日の常識からは掛け離れている点も少なくありません。

　まず、現代との最大の違いは、当時(正確には20世紀まで)、フランスでは"恋愛→結婚"ではなく、"結婚→恋愛"が普通だったということです。結婚は、財産と財産とのマッチングを図る「経済行為」であり、当事者相互の「好き嫌い」は考慮の埒外に置かれていたのです。したがって、小説や戯曲においても、恋愛はすべて人妻と若者との「不倫の恋」であり、

独身の若い男女が出会って恋に落ちるというボーイ・ミーツ・ガール系の物語は、例外を除くとほとんど存在しません。

フランス宮廷の「結婚」と「恋愛」

では、フランス人は好きでもない相手と結ばれ、「結婚」という牢獄に永遠に囚われていたのかといえば、決してそんなことはありません。結婚によって、男女とも逆に恋愛の自由を得るという不思議な仕組みが出来上がっていたのです。そして、そのために存在していたのが宮廷であり、社交界であったとさえ言えます。

一般に、フランスの宮廷では、伺候する女性は貴族(ただし、中級以下)の夫人でなければならないという「原則」が出来上っていました。宮廷に出入りする貴族と結ばれた女性は、結婚後、出産が済むと(あるいは子どもができないのがわかると)、宮廷に出仕し社交生活に加わることになるのですが、宮廷には当然、男性も出入りしていますから、そこに恋愛関係が生じないはずはないのです。というよりも、宮廷というのは、この既婚者同士の恋愛を大前提とした「恋愛世界」であると言えるのです。その結果、ほかならぬ国王が既婚女性を愛人とする事態も頻繁に起こりました。

その場合、不倫恋愛を実践する既婚女性の夫は嫉妬や怒りを感じないのかと不思議に思いますが、宮廷ではそうした感情は「はしたない」ものとして軽蔑の対象となっていました。この点において、妻を熱愛しているクレーヴ大公のような人は例外に属します。言いかえると、小説のこの部分こそつくりものめいているのです。

クレーヴ大公夫人の恋愛を分析

　さて、こうした前提を踏まえて、『クレーヴの奥方』を読み込んでみるとどうなるでしょう。まず、シャルトル嬢がクレーヴ大公夫人となる前に、16歳で王太子妃メアリー・スチュアートの侍女として宮廷にデビューしたということですが、これはルイ14世の時代までなら、それほど珍しいことではありません。現に、ルイ14世もデュ・ヴァリエール嬢という王弟妃、アンリエット・ダングルテールの侍女だった独身女性を愛人としています。ただし、こうした独身女性の伺候は時代が進むにしたがって少なくなり、最後は、ほぼ全員既婚女性で占められるに至ります。

　次に、シャルトル夫人が娘に施した貞女教育ですが、これは、キリスト教的な禁欲的倫理観が強かったこの時代の宮廷においては十分に考えられることです。特殊なのは、シャルトル夫人の貞女教育の方針です。というのも、シャルトル夫人は娘を色恋の道から遠ざけるために、娘にむしろ積極的に恋愛について話したからです。

> 「恋の楽しさも語りはしたが、それは恋の恐ろしさを強調するためであった。男というものには、誠実さがなく、女をすぐに騙したり裏切ったりするし、恋の絆は女をさまざまな不幸に落としいれることが多いと夫人は語った」

　思うに、このシャルトル夫人の方針がシャルトル嬢の恋愛観念をつくりだしたのではないでしょうか？　つまり、母親は、避けるべき例、忌むべき例として恋愛のサンプルを示したにすぎないのですが、娘はそこに「素晴らしい夢」を垣間見て、強

い恋愛幻想を抱くようになったのではないかということです。そのため、クレーヴ大公という申し分のない求婚者が現れても、シャルトル嬢は己の理想のイメージと比べると見劣りするように感じて、少しも胸躍るような感情は抱けず、逆に、クレーヴ大公夫人となってからヌムール公が現れるとまさに自分が思い描いていた通りの男性だと思い込んだのです。その「思い込み」は、やがて私が「不在の力」と呼ぶメカニズムによってどんどん強められていくことになります。つまり、母の教えにしたがって、ヌムール公とできる限り顔をあわせないように努めたことが、ヌムール公のイメージを幻想の中で膨らませる結果になり、恋愛感情が強くなってしまったのです。この「不在の力」は王太子妃をはじめとする周囲の人たちがヌムール公のことをなにかと噂するために、いっそう強化されることになります。

しかし、ここで注意しなければならないのは、恋愛を成立せしめる「不在の力」は、恋愛の当事者同士が一定の時間、一定の空間に「閉じ込められている」という環境的条件がないと効果を発揮しないということです。いかにヌムール公の魅力が圧倒的でも、舞踏会で一度しか会わなかったなら、果たして、クレーヴ大公夫人が恋愛感情を抱いたか否か保証の限りではありません。この意味で、完全に「閉じられた環境」であるところの宮廷社会はまさに恋愛の温床といえます。そこに閉じ込められた男女の心は必然的に恋愛に向かうことになるのです。

というように、『クレーヴの奥方』は、約340年前に書かれたテクストであるにもかかわらず、恋愛感情というものがどのようにして生まれてくるのかを鋭く解き明かした最高の「恋愛分析」の報告書となっているといえるのです。

現在の視点

恋愛感情が生まれるための条件とは

　恋愛感情が生まれるための必要条件は,「閉鎖空間」と「不在の力」ですが, もうひとつ,「秘めた恋」という抑圧的要素も加速要因として機能します。すなわち, だれにも気取られてはならないという制約があるために, 相手のポーカー・フェイスをどのように解釈したらいいか迷うことで「疑念」が生まれ, それがむしろ, 恋愛の格好の調味料となることが少なくないのです。いずれにしろ, 恋愛研究には不可欠なテクストですので, 興味ある方は熟読玩味してください。

翻訳書ガイド

いま手に入る『クレーヴの奥方』
・岩波文庫, 生島遼一訳

その他に……
・『世界文学全集〈9〉』集英社
・新潮文庫, 青柳瑞穂訳
がある。

おさえておきたいフレーズ

Elle vid(vit) alors que les sentimen(t)s qu'elle avoit(avait) pour lui estoient(étaient) ceux que M.de Clèves luy(lui) avoit(avait) tant demandez(demandé); elle trouva combien il estoit(était) honteux de les avoir pour un autre que pour un mari qui les méritoit(méritait).

Tout ce qui la consoloit(consolait) estoit(était) de penser au moins qu'après cette connoissance(connaissance), elle n'avoit(avait) plus rien à craindre d'elle-même, et qu'elle seroit(serait) entièrement guérie de l'inclination qu'elle avoit(avait) pour ce prince. (...) mais elle estoit(était) bien éloignée de la tranquillité qui la conduit au sommeil. Elle passa la nuit sans faire autre chose que s'affliger et relire la lettre qu'elle avoit(avait) entre les mains.

クレーヴ大公夫人はそのとき,自分がいまヌムール公に抱いているこの気持ちこそクレーヴ大公が自分に待ち望んでいたものであることに気づいた。当然,それを受け取ってしかるべき夫に対してではなく,別の男にそうした感情を抱いてしまったことを夫人はひどく恥ずかしく感じた。

> 母親が娘の恋心をそらすため,ヌムール公が恋しているのは王太子妃だと教えたために,クレーヴ大公夫人が逆に恋を自覚する場面。

　彼女にとって慰めとなったのは,これを知った以上,もう自分のことを危ぶむ必要はなくなり,ヌムール公に対する恋から立ち直れると感じたことだった。(中略)だが,実際には,心の平穏を覚えるどころか,眠りに就くこともできなかった。その夜は,一晩中悶々として,手に握りしめた手紙を読み返しては悲嘆に暮れるばかりだった。

> ヌムール公が落としたとされる,女性からの恋の手紙を読んだ晩のこと。

"(L'Histoire du chevalier Des Grieux et de) Manon Lescaut"

『マノン・レスコー』

1731年

Abbé Prévost

アベ・プレヴォ

1697-1763。はじめイエズス会の、後にベネディクト会の聖職者であったため、僧（アベ）プレヴォと呼ばれる。軍隊に入ったり、イギリスやオランダを放浪したりした間に綴った『ある隠遁した貴族の回想と冒険』の最終巻, 7巻が本作で、心理描写に優れた18世紀の代表的恋愛小説とされる。

Abbé (Antoine = François) Prévost

アベ・(アントワーヌ=フランソワ)・プレヴォ

| あらすじ | 物語全体の語り手はル・アーヴルからの帰りの宿で1人の青年と出会う。青年はアメリカに送られる娼婦に付き添っていた。2年後,語り手はアメリカから帰ってきたばかりの青年とカレーで再会し,数奇な身の上話を聞かされることになる。

17歳でアミアンのコレージュを卒業した「私」ことシュヴァリエ・デ・グリューはマルタ騎士団に入団することになっていた(騎士(シュヴァリエ)・デ・グリューという称号はそこから来ている)。ところが,両親のもとに帰る前日,チベルジュという親友と町を散歩していたときに,駅馬車から降りてきた美少女マノン・レスコーと出会い,一目惚れする。翌朝,デ・グリューはチベルジュには嘘をついて,マノンと馬車に乗り込み,サン・ドニで1泊したあと,パリのV街に部屋を借りて,同棲を始める。

マノンがどこからか工面してくる金で2人は楽しく暮らしていたが,ある日の午後,デ・グリューが外出から帰宅すると,玄関に現れた下女は隣人のB氏が退出するまではドアを開けてはいけないと奥様から命じられたと打ち明ける。デ・グリューは,マノンから言い訳を聞いている最中に,突然現れた父の従僕たちに拉致されて自宅へ連れ戻される。

父は2人の居場所はB氏から教えられたと語り,マノンはしばらく前からB氏の囲い者となり,拉致の手配にも手を貸したのだと明かし,息子の迷妄を覚まそうとする。改悛(かいしゅん)したデ・グ

"(L'Histoire du chevalier Des Grieux et de) Manon Lescaut"
『マノン・レスコー』／アベ・(アントワーヌ＝フランソワ)・プレヴォ 作

リューは，チベルジュの勧めもあって神学校で勉学に励み，2年後，ソルボンヌで公開試験を受けるまでになる。

ところが，公開試験が終わって神学校に戻ったとき，マノンが現われ，涙ながらに過去を詫びたため，デ・グリューはマノンとともに神学校を抜け出してしまう。郊外のシャイヨーに家を借りた2人はB氏からせしめた6万フランを元手に同棲を始めるが，マノンの兄だと名乗る近衛兵レスコーが転がり込んできたことから，手元不如意に陥り，しかたなくデ・グリューはレスコーの手引きでインチキ賭博に手を染めるまでに落ちぶれる。

ところが，ある晩，レスコーに誘われ，夕食を楽しんで帰宅すると，置き手紙があり，一切合財を泥棒に盗まれたため，マノンは兄の斡旋(あっせん)でG・M氏という金満家の囲い者になることに決めたと書かれていた。デ・グリューがマノンを呪っていると，レスコーが現れ，君はマノンの弟だということにしているからマノンと一緒に住めると伝えた。デ・グリューの怒りは一気に解け，レスコーとともにG・M氏の別荘に向かう。

先払いの手当をもらっていたマノンはG・M氏が寝室に引き揚げると，隙をついて逃げ出し，デ・グリューとレスコーと落ち合って遁走(とんそう)するが，すぐにデ・グリューとマノンは警察につかまり……。

講義

一瞬で恋に落とすマノンの"ファム・ファタル"性

　ファム・ファタル（宿命の女）の永遠のタイプをつくったことであまりにも有名なこの作品は、もうひとつのファム・ファタルものの代表作である『カルメン』と同じように、ファム・ファタルに入れあげて破滅した男が旅先で偶然知りあった男に転落の人生を語るという形式をとっています。じつは、これこそがファム・ファタル小説の構造を成す要素なのです。

　そう、マノンが「私」（シュヴァリエ・デ・グリュー）という語り手の視点からしか捉えられていないところがミソなのです。

　具体的にいうと、まず最初の出会いの場面。デ・グリューは、それまで一度も女の子に声をかけたことのない内気な青年で、しかもチベルジュという親友と一緒にいたにもかかわらず、マノンがあまりに可愛いので、乗合馬車の停車場になっている中庭にたたずんでいたマノンに近寄り声をかけてしまいます。マノンはデ・グリューの質問に答えるというふうを装って、自分は両親の命令で女子修道院に入ることになっていると打ち明けますが、これを聞いただけでデ・グリューは、もし自分が行動を起こさなかったら、永遠にこの絶世の美少女には会えなくなるだろうと絶望的な気分になります。するとマノンは、そのデ・グリューの心の変化を察知したように、愁いを含んだ表情を浮かべながら、「自分が不幸になることはわかっていますが、これを避ける方法はないので、天命として諦めるしかありません」と語ります。

　なんという天性のファム・ファタルでしょうか！　物語のすべ

てはこの一瞬にかかっているといっても決して過言ではありません。なぜなら,デ・グリューはその瞬間,「奈落の底に引き入れられるように運命の傾きに従って」,一瞬のためらいも見せず「命にかけて両親の暴虐からマノンを救い出して幸福にしてみせる」と誓ってしまったのです。すると,マノンは,自分を自由にすることができたなら,もしかすると,デ・グリューは命よりも高価なものを払わなければならなくなるかもしれないと言い放ちました。

この予言は見事に実現することになります。デ・グリューは輝かしい未来を棒に振ったばかりか,家族も,親友も裏切り,あげくの果てにインチキ賭博に手を染めたり,牢獄に投獄されたり,ピストルで人を殺すことまでしてしまうからです。

"ファム・ファタル"=マノンの思想

しかし,なぜ,このような堕落をしてまでデ・グリューはマノンを愛し続けたのでしょうか?

マノンの美しさ,可愛らしさが圧倒的で,デ・グリューに対して暴君のような力を振るったからでしょうか? もちろん,それもあります。しかし,決定的な働きをしたのは,マノンの「セックスと金銭の等価交換」という大原則でした。

V街で同棲を始めてまもなく,デ・グリューは蓄えが残りわずかなのに,食卓に御馳走が増え,マノンの衣装が贅沢になったのに気づきます。その事実を指摘すると,マノンは笑いながら「お金なんて天下のまわりものよ」と平然と答えますが,まさにこれはマノンの経済思想を要約しています。マノンは贅沢で快適な生活ができないとわかると,現代人が銀行のキャッシュディスペンサーでお金を下ろすような感覚で,近くにいる好色な金満家から金を引き出しますが,そのとき注目

すべきは、マノンがこうしたことをいささかも不倫だとか裏切りだと思っていないことです。マノンにとっては男はキャッシュディスペンサーにすぎず、その対価として肉体を要求されれば等価交換としてこれを差し出すにやぶさかではないが、その際、売春をしているとか肉体を売っているというような意識はこれっぽっちもないのです。それどころか、マノンは主観においてはデ・グリューを熱愛しており、一度も心が離れたことがないと感じているのです。

ですから、デ・グリューが改心して僧職に身を投じると、あいかわらずB氏の囲い者だったにもかかわらずデ・グリューに会いにいき、自分の不貞を詫びながらも、かつて自分を愛してくれたことがあるなら、もう少し情をかけてくれてもいいのではないかと逆にデ・グリューをなじります。

この言葉にはいささかの嘘もありません。はっきりいえば、マノンには、セックスと愛をセットにして考える男たちの固定した思考法が理解できないのです。金持ち男とセックスするのは一種の労働のようなものだから、そのことでいちいちうるさく言われる筋合いはない、そのことでデ・グリューへの愛情が減ることはないのだから、という考えです。

すべてを悟ったデ・グリューがとった行動とは

しかし、やがてさすがのデ・グリューもついにはっきりと悟ることになります。

「貧乏などとるに足りないとは思うものの、マノンがどんな人間であるかは私も理解していた。金のあるうちは貞潔で、私思いであるが、ひとたび落ち目になるや、彼女は信用ならない女に変身する。そのことはもう検証ずみだった。マノン

は奢侈と快楽を犠牲にするには、あまりにそれらを愛しているのだ」

このときになって、ようやくデ・グリューは幻影から覚めます。自分が勝手なイメージでマノンを包み込んでいたことに気づいたのです。そして、そこから厳然たる結論を引き出します。マノンに逃げられないようにするには、お金をつくるしかないと。かくて、デ・グリューは親友のチベルジュの厚意を裏切って金を借りたり、インチキ賭博に手を染めたり、あげくの果てはマノンの兄のレスコーと組んで美人局まがいのことまでしてしまいますが、みんな、マノンに逃げられないようにするためなのです。

では、マノンは金の切れ目は縁の切れ目とばかり、金がなくなったデ・グリューをあっさり捨ててしまうのかというと、そうはならないところにこの小説の面白さがあります。マノンとデ・グリューは最後まで相思相愛の恋人同士なのです。

セックスと金銭の等価交換は行うが、愛と金銭は等価交換しない。マノンは、もしかすると、こうした不思議な「純愛原則」を生きた現代の「恭しき娼婦」の先駆者なのかもしれません。

現在の視点

作者プレヴォの「等価交換」思想の原点とは

「アベ・プレヴォ」とは長らく僧職に身を置いていたことからくる筆名で、プレヴォ神父(アベ)の意味。本名はアントワーヌ = フランソワ・プレヴォ。シュヴァリエ・デ・グリューと同じ

く,軍職と聖職を交互に経験したあと,『マノン・レスコー』が含まれる『ある隠遁した貴族の回想と冒険』を執筆したために,僧職とフランスを捨ててイギリスに亡命を余儀なくされ,リチャードソンの『クラリッサ・ハーロー』の翻訳者となりますが,もしかすると,プレヴォがイギリスの風土になじんだのは,そのイギリス的な資本主義の「等価交換」思想によるものかもしれません。「等価交換」,つまり資本主義というものがセックスと愛情を不可分のものと考えるカトリック的道徳意識とは相容れないという意味で,『マノン・レスコー』のヒロインはきわめて資本主義的であり,近代的,いや超近代的であるとさえ言えるのです。

翻訳書ガイド

いま手に入る『マノン・レスコー』
- 新潮文庫,青柳瑞穂訳
- 岩波文庫,河盛好蔵訳
- Kindle版,鈴木豊訳

おさえておきたいフレーズ

A la fin, je crus avoir trouvé le dénoûment de ce mystère. M. de B..., dis-je en moi-même, est un homme qui fait de grosses affaires et qui a de grandes relations; les parents de Manon se seront servis de cet homme pour lui faire tenir quelque argent.

Il était six heures du soir. On vint m'avertir, un moment après mon retour, qu'une dame demandait à me voir. J'allai au parloir sur-le-champ. Dieux ! quelle apparition surprenante ! j'y trouvai Manon.

とうとう，私はこの謎を解くカギを見つけたと思い込んだ。B氏は，広く商売をやっている人で，いろいろと付き合いが多いのにちがいない。だから，マノンの両親はこの男を使ってマノンにお金をもたせたのだろう。そう私は自分自身に言い聞かせたのだった。

> マノンの裏切りの現場を見たにもかかわらず，デ・グリューはできるかぎり状況を好意的に捉えようと自分を欺く。

　夕方の6時だった。戻るとまもなく，面会希望の婦人がいると告げられた。すぐに，面会所に行った。ああ，なんという驚くべき幻を見たことか！　そこにはマノンがいたのだ。

> ソルボンヌでの公開試験が終わったあと，デ・グリューが神学校に戻ったときのこと。

"Candide ou l'Optimisme"

『カンディード あるいは最善説』

1759年

Voltaire	フランスの代表的啓蒙思想家。1694-1778。本名はFrançois-Marie Arouet, ヴォルテールは筆名。1734年の『哲学書簡』でイギリス経験論をフランスに導入し, 百科全書派の1人として活躍した。すぐれた風刺作家でもあり, 『ザイール』,『ザディグ』そして本作を著している。
ヴォルテール	

ヴォルテール

| あらすじ | 純朴な性格ゆえにカンディード（純朴）と呼ばれた若者がウェストファリアのトゥンダー=テン・トロンク

男爵の城で平穏に暮らしていた。カンディードは男爵の甥にあたり，男爵の娘のキュネゴンド嬢に思いを寄せていたが，ライプニッツの最善説を信奉する家庭教師パングロスから，この世はあらゆる世界の中で最善のものであると教えられ，男爵の城郭での生活こそ最高だと固く信じていた。

そんなある日，キュネゴンド嬢に誘惑されたカンディードが屏風（びょうぶ）の裏で彼女を抱き締めようとしたところ，男爵に現場を取り押さえられ，尻を蹴飛ばされて城から追い出されてしまう。隣町の居酒屋で2人の男に誘われるまま書類にサインしたカンディードはブルガリアの軍隊に入隊させられて戦場に向かう。凄惨な殺戮（さつりく）を目撃したあと，脱走してオランダに逃げ込むが，そこで再洗礼派のジャックという男に救われる。翌日，散歩中に悪性の膿で覆われた乞食に出会う。なんとそれはパングロスだった。

パングロスは，カンディード追放後に起こったことを物語る。城はブルガリアの兵士たちに襲撃され，キュネゴンド嬢は暴行されたあげくに腹を抉（えぐ）られ，男爵夫妻と息子は惨殺された。パングロス自身は襲撃こそ免れたものの小間使いから移された梅毒で地獄の苦しみを味わい，乞食となって各地を放浪しているところだった。悲嘆に暮れたカンディードが，それで

"Candide ou l'Optimisme"
『カンディード あるいは最善説』／ヴォルテール 作

も世界は最善に出来ているのかと問い詰めると、パングロスは改めて自説を強く主張した。

　2か月後、商用で海路リスボンに向かうジャックと一緒に乗船した2人は途中で嵐に出遭い、命からがらリスボンの海岸に漂着する。と、そのとき、足元が大きく揺れる。リスボンの4分の3を破壊したあの大地震に遭遇したのである。懲りないパングロスは焼跡で最善説を唱えたため、宗教裁判所の取締官に捕まり、異端として絞首刑に処せられる。カンディードは鞭打ちの刑に遭うが、親切な老婆に救われて元気を取り戻す。老婆はカンディードを一軒の家に連れていき、ヴェールで顔を覆った女と対面させる。ヴェールの下から現れたのはキュネゴンド嬢の顔だった。キュネゴンド嬢は腹を刺されたが奇跡的に生きながらえ、いまは宗教裁判所裁判長の囲い者になっていたのだ。

　帰宅した裁判長に剣で襲いかかられたカンディードはやむなく裁判長を刺し殺す。リスボンを脱出した3人は紆余曲折の末、スペインの港町カディスから南米のウルグアイに渡るが、新大陸でもカンディードの不幸は終わらなかった。キュネゴンド嬢と生き別れになったあと、忠実な召し使いのカカンボとともに伝説の国エル・ドラドに辿りつくが……。

講義

フランス人における『カンディード』の知名度

　ヴォルテールという名前は現代の若い女性なら「ザディグ・エ・ヴォルテール」というファッション・ブランド名として耳にしたことがあるでしょう。これは18世紀を代表する文学者ヴォルテールの哲学コント『ザディグ　あるいは運命　東洋の物語』をヒントにしたブランド名です。18世紀には，最初に人名を出し，「ou（あるいは）」という接続詞でつなげてから，次に物語の内容を暗示する言葉をもってくるという形式のタイトルが流行しましたが，ブランドの創始者は耳慣れた「ou（あるいは）」の代わりに「et（と）」をもってくることでフランス人にとって意外な響きとなるように工夫したのではないでしょうか。とはいえ，『ザディグ　あるいは運命　東洋の物語』はフランス人でもめったに手に取らない忘れられた作品となってしまっています。

　これに反して，ヴォルテールの代表的哲学コントである『カンディード　あるいは最善説』（以下『カンディード』と略す）はリセの課題図書に挙げられているほど人口に膾炙した作品です。『ザディグ』はブランド名と思っていても，『カンディード』を知らないフランス人はほとんどいません。

　ではなにゆえに，ヴォルテールが1758年に書き上げ，1759年に出版されたこの哲学コントはそれほどにフランス人のあいだで有名なのでしょうか？

　理由は，この作品が，フランス人の特性のひとつである地に足の着いた現実主義の象徴となっているからです。フランス

人は,大革命のようにときに理想に駆られて突っ走ることがありますが,反面,「心臓は左に,財布は右に」という冗句があるように,損得勘定に基づいた健全なリアリズムを発揮することも少なくないのです。

ヴォルテールと"最善説"の出会い

しかし,そんなリアリストのフランス人も,啓蒙の世紀である18世紀にはともすれば観念的な理想主義に傾きがちでした。ヴォルテール本人もそんな1人で,亡命先のイギリスから帰国して『哲学書簡』(1734年)を書いたころからしばらくは,オランダの哲学者ライプニッツの主張する最善説(optimisme)を信奉していました。というよりも,ヴォルテール自身がフランスにおけるライプニッツの最初の紹介者の1人でもありました。

それは,世界の創造者が神である以上,この世界にどのような悪が存在していても,その悪は最終的には最善なるものの発現に奉仕する定めであるという思想です。

ところが,1755年に起こったリスボン大地震と翌年に始まった7年戦争といった究極の「悪」を目の当たりにするに及んで,ヴォルテールは決然として最善説を捨て去るに至ります。そして,そこから生まれたのが哲学コント『カンディード』にほかなりません。『カンディード』で最善説を体現するのはパングロスという家庭教師です。パングロスは,引用文にあるように,個々の悪にいちいち目くじらを立ててはいけない,なぜなら,個々の悪は最終的に全体を眺め渡せば,最善の世界をつくりだすのに役だっているのだから,決して悪いものではないのだと諭します。もちろん,このパングロスの最善説はライプニッツの学説をかなりグロテスクにデフォルメしたものですが,しかし,ある種の本質を摑んでいることに変わりありませ

ん。
　一方, 主人公のカンディードはというとパングロスの言うことを何ひとつ疑わずに, 愚直に信じているので, 目の前でいかに悲惨なことを目撃しても希望を捨てません。それでも, 最後には最善説に疑いを抱くようになり, ついには劇的な結末へと至るのです。

現代日本人が再読すべき理由

　ここまで書けば, この哲学コントがいかに現代において再読されるべき作品であるかがおわかりいただけたことでしょう。

　つまり, パングロスとカンディードの立場を20世紀のファシズムやスターリニズムの扇動者と民衆に置き換えれば, ほぼ同じ状況が繰り返されてきたことが理解できるはずです。民衆は自分たちがどれほど悲惨な目に遭い, ホロコーストや侵略戦争などで他の民衆や他国をひどい目に遭わせたとしても, 個々の悪という「現実」は「理想」という最善をもたらすための捨て石なのだから, それ自体は悪に見えても, 最終的には悪ではないという全体主義の論理に丸め込まれ, カンディードと同じように, 遠い理想に照らして目前の悪を許容してきたのです。そして, 最後に, そうした詭弁の論理が自己崩壊して初めて騙されていたことに気づくのです。

　では, ファシズムもスターリニズムも一部の国を除くとすでに過去のことになった現代では, パングロスとカンディードはもう現れないのでしょうか?

　そんなことはありません。カルトと呼ばれる新興宗教や自己啓発セミナーに安易な気持ちで加わって「洗脳」され, 財産を巻き上げられたり, 殺人を含む悪に参加してしまう人が後を

絶たないのは、『カンディード』が決して過去の御伽話(おとぎばなし)ではなく、強いリアリティをもった物語であることを示しています。

また、新自由主義(ネオ・リベラリズム)と呼ばれる経済理論もパングロスの最善説によく似たところがあります。一切の規制や政府の介入を避け、市場(マーケット)の論理にだけ任せておけば、たとえ一時的に格差という悪が拡大しても、最終的にはアダム・スミスのいう神の見えざる手が働いて予定調和が訪れるという考えで、アメリカではレーガノミクス以来この経済理論が主流になっています。その結果、人口の1パーセントの人が世界の富の50パーセントを独占するという超寡占社会が生まれたのですが、国民はカンディードと同じようにニュータイプのパングロスの最善説を疑わずにいるのです。レーガノミクスの日本版であるアベノミクスもほぼ同じことになるでしょう。

「個々の不幸は全体の善をつくりだす。よって、個々の不幸が多ければ多いほど、全体はより善になるということだ」

私たち日本人は、いまこそ『カンディード』を読まなければならないのです。

現在の視点

"哲学コント"という文学ジャンルとは

『カンディード』は哲学コントと呼ばれていますが、この哲学コントとはいかなる文学ジャンルなのでしょうか？ それは、哲学や思想という具体的には語りにくいものを一般読者に

理解させるためにコント(conte お話)のかたちを取ったものを指しますが, この小説はロマン(roman 長編)やヌヴェル(nouvelle 中編)と違ってかならずしもリアリズムの規則に従う必要はありません。『カンディード』でいえば, 死んだはずのパングロス, キュネゴンド嬢, キュネゴンド嬢の兄などがじつは死んではおらず, 物語の先のほうで再び三たび登場することからも明らかです。つまり, 哲学を理解させるのが第一なので, リアリズムや筋の整合性は無視してもよいという約束事になっているのです。日本ではあまり書かれないジャンルですが, フランス人は大好きで, ときどき傑作が生まれます。サン゠テグジュペリの『プティ・プランス(星の王子さま)』も童話というよりも哲学コントと理解する人もいます。いずれにしろ,『カンディード』ひとつ読めば, 哲学コントとはなにかがわかる, それくらいの傑作なのです。

翻訳書ガイド

いま手に入る『カンディード』
・岩波文庫, 植田祐次訳
・光文社古典新訳文庫, 斉藤悦則訳

おさえておきたいフレーズ

―― Tout cela était indispensable, répliquait le docteur borgne, et les malheurs particuliers font le bien général; de sorte que plus il y a de malheurs particuliers, et plus tout est bien.

―― Ô Pangloss! s'écria Candide, tu n'avais pas deviné cette abomination; c'en est fait, il faudra qu'à la fin je renonce à ton optimisme.
―― Qu'est-ce qu'optimisme? disait Cacambo. Hélas! dit Candide, c'est la rage de soutenir que tout est bien quand on est mal.

―― Cela est bien dit, répondit Candide, mais il faut cultiver notre jardin.

「そうしたことすべてが必要不可欠だったのだ」と片目の博士は答えた。「個々の不幸は全体の善をつくりだす。よって，個々の不幸が多ければ多いほど，全体はより善になるということだ」

> リスボンに向かう船の中で，最善説に疑問を感じた再洗礼派のジャックが例を挙げて疑問をぶつけたときのパングロスの反論。

「ああ，パングロス！」とカンディードは叫んだ。「あんたはこれほどにおぞましいことがあるとは見抜けなかったんだろう。もう，ケリがついた。とうとうあんたの最善説を放棄せざるを得なくなりそうだよ」

「最善説ってなんなんです？」とカカンボが言った。「ああ，それはね，ひどい状態なのに，すべては善であると言い張る熱狂のことだよ」

> スリナムで，主人によって手足を切り取られた黒人の訴えを聞いたカンディードが，長いあいだ信じていたパングロスの最善説に初めて強い疑いを感じる場面。

「なるほどよくわかりました」とカンディードは言った。「でも，さしあたり，僕たちの庭を耕さなければならないんです」

> なおも最善説を主張するパングロスに対して，コントの最後でカンディードが口にする言葉。

『カンディード あるいは最善説』

『アドルフ』

"Adolphe"

1816年

Benjamin Constant

バンジャマン・コンスタン

フランスの政治家。1767-1830。スタール夫人の愛人。ナポレオンにより追放され、逗留したドイツで、ゲーテやシラーと親交を深める。百日天下でナポレオンを支持したため、王政復古でイギリスに亡命。当地で、近代心理小説の先駆として名高い本作を出版する。許されて帰国後は、自由主義派の政治家として活躍。

バンジャマン・コンスタン

| あらすじ | 「ある未知の男の手記の中に見いだされた物語」という副題が示すように、語り手がイタリア旅行中に出会った男の残した手記が、いわゆる額縁小説のタブローの部分を構成している。

ゲッティンゲン大学を22歳で終えた「私」すなわちアドルフは、某選帝侯の大臣をつとめる父の勧めでヨーロッパ各国の遊学に出掛け、Dという小さな町でP伯爵と親しくなり、家に出入りするようになる。P伯爵はポーランドの名門出のエレノールという女性を愛人として夫婦同然に暮らし、2人の子どもも認知していた。

「私」は友人たちの恋愛の体験談を聞くうちに「恋」というものを経験してみたいと思うようになる。周りを見渡すと、エレノールがいた。エレノールは「私」よりも10歳年上の美貌の女性。知性は凡庸だが、考え方は公正で、気高さがあった。「私」は意を決してエレノールに手紙を書き、恋心を打ち明けるが、本当は、恋に恋していただけで愛してなどいなかったのだ。駆け引きに熱中するうち、恋をしているような錯覚に陥り、強引な攻勢の末に思いを遂げる。

ところが、関係ができるとエレノールは「私」を強く拘束するようになる。つねに一緒にいなければ気が済まず、不在のときには「いつ戻るのか?」と尋ね、「私」の時間を完全に支配しようとする。

"Adolphe"

『アドルフ』／バンジャマン・コンスタン 作

　「私」はそんなエレノールの拘束に次第に耐え難さを感じるようになる。

　やがて関係はP伯爵の知るところとなり,「私」も父から戻ってこいという手紙を受け取る。「私」はエレノールの懇請に負け, 6か月の遊学延長を父に願い出る。父からは「絶対に許さぬ」という返事が届くとばかり思っていたのだが, あにはからんや, 延長は認められ,「私」はかえって落胆する。エレノールに延長を伝えると, その口調にうれしさが表れていないとなじられる。「私」は逆上して, 彼女のおかげで自分の青春が台なしになったと嘆く。彼女の涙に気づいて慌てて前言を取り消すが, すでに遅かった。

　P伯爵が「私」の出入りを差し止めると, エレノールは子どもの養育権を放棄し, 伯爵の家を出てアパルトマンに移り住み, 決意のほどを見せつけようとする。

　父との約束の期限が来て,「私」は故郷の町に戻るが, 不安に駆られたエレノールは町まで追ってくる。それを知った父が国外退去命令を手配したので,「私」はしかたなく先手を打ち, エレノールを連れてボヘミアのカーデンに身を落ち着ける。エレノールはP伯爵からの和解の提案を撥ね付けて愛情の深さの証明とする。

　やがて, エレノールは亡父の遺産相続のために,「私」とともに故郷ポーランドに戻るが, そこでもまた2人は……。

講義

「愛」において,"やってはいけないこと"6か条

　おそらく,現代の日本の読者が読んで最も現実的な教訓を受ける可能性の強いフランス文学がこの『アドルフ』ではないでしょうか？　ここには,「愛」の各段階において「やってはいけない」ことのすべてが列挙されているからです。

　まず,「やってはいけないその1」。「愛」と「愛に似たもの」を混同すること。「私」は知り合いの青年から恋の企ての成功を聞かされ,「ドーダ,すごいだろう。このオレは」と自己愛の満足を得たいがために女性を誘惑しようとします。これがすべての不幸の原因となります。愛のないところに愛をつくりだそうとしても,本当の愛は生まれないものなのです。

　ただ,たしかに不純な動機ではありますが,舞台がパリの社交界でしたら,とくに咎め立てされることはなかったでしょう。求愛される女性のほうでも恋愛はゲームと認識しているからです。

　しかし,『アドルフ』の舞台に選ばれているのはドレスデンを思わせるドイツの町です。おまけにエレノールは恋愛などしたことのない「素人」ですから,遊び感覚はゼロで一気に恋にのめり込んでしまうことになります。

　一方,「私」はというと,エレノールを愛してはいなかったのに,手紙を書いているうちに「愛によく似た」感情を覚え,恋している錯覚に陥ります。さまざまな障害や拒否にあったりすることが恋の興奮剤として機能し,最後には,ほとんど恋と同じ状態に至ります。

こうして相思相愛に近くなった2人ですが,ひとたび関係が出来ると,「私」はエレノールの激しい独占欲に苛(さいな)まれるようになります。幸か不幸か,P伯爵が6週間不在だったため,エレノールの要求は日々エスカレートしてゆきます。

> 「私に対するエレノールの執着は,私のために払った犠牲が大きかった分だけ増大したようでした。彼女は私が辞去しようとすると必ず引き留め,出ていこうとする私に向かっていつ戻るのかとしつこく尋ねました。たった2時間の別離も彼女には耐えられなかったのです」

　これは,年上の恋人が陥りやすい「やってはいけないその2」です。嫉妬と独占欲は恋の属性のようなものですが,若い恋人にとって自由を拘束されることほど被害者意識を鋭敏にするものはないのです。
　しかし,それでも,「私」にはエレノールと一緒にいることで,彼女を幸せにしてやっているという満足感がありました。しかし,それは自己満足にすぎず,しょせん,恋とは別のものなのです。
　やがて,「私」は遠からぬ別れを予感します。P伯爵が帰還し,父からの「戻ってこい」という手紙が届いたからです。それは,自分の意思では動けない弱い「私」にとって千載一遇のチャンスでした。父が強く帰還を命じたなら,「私」はそれに従い,物語はここで終わっていたことでしょう。
　ところが弱い人間はどこまでも弱く,目の前にいるエレノールから帰還を延期するよう懇願されるとそれに従ってしまうのです。これが「やってはいけないその3」です。つまり,目先の面倒を回避するため,解決を先送りにしてしまうことです。弱

い人間は外圧を利用するほかないのです。

　現に「私」は外部からの強制が働いて責任を取らなくて済むことを内心で期待していますから、父から延長承諾の手紙が届くと落胆してしまうのです。その落胆はエレノールにたちまち気づかれてしまいます。

> 「エレノールはともに喜び合えると信じていた結果を、私が後悔しているようなのを知り傷ついた。私は、別れを言い出そうと強い覚悟で臨んだはずが、結局は彼女の言いなりになってしまったことで傷ついていた」

　人間というのは、より深く傷ついたほうが勝ちという奇妙なルールに従って行動する動物です。この"傷つきドーダ合戦"を「やってはいけないその4」とすると、「やってはいけないその5」は、"傷つきドーダ合戦"が一段とエスカレートした"犠牲の大きさドーダ合戦"です。仕掛けたのはエレノールでした。エレノールは内縁の夫と子どもを棄て、その犠牲の大きさによって「私」を拘束すべく、アパルトマンでの同棲生活を「私」に強いたのです。「私」が慎重さを要求すると、愛がない証拠だとなじります。

　「私」のほうでも負けてはいません。父から懇請されたエレノールの国外退去命令が執行される直前に、エレノールを救い出して国境を越えるという大きな犠牲を払います。愛しているからというよりも、犠牲の大きさドーダ合戦で負けないためにです。

"やってはいけないこと"の「究極」—6か条目

　しかし、そこまで努力しても「愛に似たもの」は「愛」には転

化しません。エレノールは国境を越えようとするとき,「私」に向かってこう言い放ちます。

「あなたは自分が愛で動いていると思っているけれど,あなたにあるのは同情だけだわ」

そう言われて「私」はこう呟(つぶや)かざるを得ません。「どうして彼女は私が気づかぬままでいたかった秘密を暴いたりしたのだろう」

つまり,究極の「やってはいけない」は,相手が口には出さないでいる「真実」を先手必勝とばかりに暴いて,相手より優位に立とうとすることなのです。

これこそ,"ドーダ"には勝って,恋に敗れる,です。恋はたしかに"ドーダ"のバトルですが,バトルに勝ったからといって恋を取り戻せるものでもないのです。

いずれにしろ,『アドルフ』には,後退戦に入って,うとましくなった恋愛の局面のすべてが揃っています。年上の強い女と年下の弱い男のカップルが増えつつある今日,こんなに参考になる本はまたとないでしょう。

現在の視点

「どう語るか」を追求した "フランス文学の正道"という側面

三島由紀夫は,おのれの弱さをどこまでも残酷に抉(えぐ)り出して分析するバンジャマン・コンスタンの文体の力強さに感嘆しましたが,実際,文学を文学たらしめているのは「何を語る

か」ではなく「どう語るか」なのです。この意味で、『アドルフ』は単に心理分析小説の傑作であるばかりか、「どう語るか」を追求するフランス文学の正道を行く作品と見なすことができます。エレノールのモデルと噂(うわさ)されたスタール夫人も一読して賛嘆したと伝えられますが、それは『アドルフ』の文学性が2人の愛憎を遥かに越えた地点にまで到達していることを彼女も認めざるを得なかったからです。

翻訳書ガイド

いま手に入る『アドルフ』
・岩波文庫, 大塚幸男訳
・光文社古典新訳文庫, 中村佳子訳
・白水社, 竹村猛訳
　（「赤い手帖」「セシル」とまとめた1冊）

おさえておきたいフレーズ

Nous avions prononcé tous deux des mots irréparables ; nous pouvions nous taire, mais non les oublier.

C'est un affreux malheur de n'être pas aimé quand on aime ; mais c'en est un bien (plus) grand d'être aimé avec passion quand on n'aime plus.

(　)内は別バージョンによる。

私たちは2人とも,取り返しのつかない言葉を口にしてしまっていたのだ。沈黙することはできた。だが,それを忘れることはできなかった。

> 　遊学延長が認められたと伝える口調がそっけないとなじられた「私」は,売り言葉に買い言葉で,エレノールのために青春を犠牲にしたと言ってしまう。

　愛しているのに愛されないことはひどく不幸なことである。だが,もはや愛していないのに情熱的に愛されるということもまた,たしかに大きな不幸なのだ。(……愛されるということはもっと大きな不幸なのだ)

> 　愛憎関係が抜き差しならぬ段階に達したときの述懐。

第2章

19世紀文学

"Le Rouge et le Noir"

『赤と黒』

1830年

Stendhal

スタンダール

1783-1842。本名Marie-Henri Beyle。グルノーブルに生まれる。ナポレオン一世に加わってイタリア, ロシアを転戦。ナポレオン没落後, イタリアに住み,『恋愛論』などを書き上げ, パリに戻って『赤と黒』を執筆した。七月革命後, 新政府によってトリエステ領事に任命される。イタリアで自伝『エゴチスムの回想』や『パルムの僧院』などの作品を執筆した。バルザックとともに近代小説の開祖と見なされている。

スタンダール

| あらすじ | ドゥーブ川に面したフランシュ・コンテ地方の町ヴェリエールの町長レナール氏はブルジョワ的な見栄から、家庭教師として、シェラン神父の推薦する19歳の青年ジュリアン・ソレルを雇い入れる。ジュリアンは製材所を営む粗暴なソレル爺さんの三男で、学問とは無縁の環境に育ったが、親戚の元軍医正からラテン語の手ほどきを受けたのがきっかけとなって自我に目覚め、ナポレオンの回想録に読み耽(ふけ)り、彼のような英雄になりたいと願うようになる。しかし、時代が帝政から王政復古に変わったのを見て、赤(軍服)よりも黒(僧服)の制服をまとってヒエラルキーを駆け登ろうと決意していたが、そこに家庭教師の話が舞い込み、レナール家を訪れてレナール夫人と出会う。

レナール夫人は16歳で俗人のレナール氏に嫁ぎ、3人の男の子をもうけてはいたが、まだ30歳の女盛り。厳しい家庭教師を予想していたところに、女の子のようなジュリアンが現れたので、心は一気にジュリアンに傾いていく。一方、ジュリアンはというと、夫人の示す好意を階級差からくる侮辱と受け取り、復讐(ふくしゅう)のために夫人を誘惑してやろうと心に決める。誘惑計画はジュリアンにとってナポレオンの作戦行動と同じであり、義務の遂行としか感じられなかった。ジュリアンは夫人の手を握ることから始めて、ついに目的を達するが、そのとき予期せぬことが起こる。野心から出発したはずのジュリアンが不

"Le Rouge et le Noir"
『赤と黒』／スタンダール 作

覚にも夫人に恋してしまっていたのだ。だが,恋人たちの幸せは長くは続かなかった。2人の関係を詳細に記した匿名の手紙を受け取ったレナール氏がジュリアンに解雇を言い渡したのだ。

こうしてヴェリエールを離れたジュリアンはブザンソンの神学校に入学し,改めて聖職での出世を目指すことになるが,そこで出会ったピラール神父からラ・モール侯爵邸の図書室司書になるよう勧められ,パリに向けて出発する。

ラ・モール侯爵家は,アンリ四世の王妃マルグリット(マルゴ)の恋人で,斬首された貴族ボニファス・ド・ラ・モールに連なる名門貴族だった。その令嬢マチルドは莫大な持参金と美貌ゆえに求婚者がひきもきらなかったが,先祖のラ・モール侯爵のように斬首覚悟で恋人に尽くすほど気骨ある男が現れることを夢見て,求婚者をすべて退けていた。そこに現れたのがジュリアンだった。マチルドは彼の野心の中に秘められた高貴な魂を認めたが,マチルドにも強烈な自尊心があったため,2人の恋はさながら「自尊心のバトル」のような様相を呈することになり……。

講義

スタンダールが用いた"視点の複数性"で読み解く

『赤と黒』は高校生のときに読みましたが,それは人生で初めて接したフランス文学らしいフランス文学でした。しかし,野心家ジュリアン・ソレルの心理を我がことのように感じたという記憶はあるのですが,ある違和感があって,率直に感動することはできませんでした。それは次の点に要約できます。

すなわち,野心の実現のために偽善も辞さないジュリアンの決意は天晴れだが,なにゆえに,その野心がレナール夫人やマチルドを誘惑することにしか用いられないのか,というものです。時代閉塞の王政復古であっても,もっと違うことに野心を向けることはできなかったのかと感じたのです。

ところが,後にフランス語のテクストで再読してみると,また別の見方をすることができるようになりました。それは,スタンダールが用いた"視点の複数性"というものです。つまり,視点がジュリアンだけでなくレナール夫人やマチルドにも置かれていることに注目すべきなのです。

レナール夫人から見たジュリアンとの恋愛

物語の発端から一気に恋愛モードに入ってしまっているのはジュリアンではなく,むしろレナール夫人のほうです。夫人はジュリアンが予想とは違って娘のような美少年だったことに驚いて警戒心を解いたばかりか,一度も味わったことのない新しい感情に襲われますが,それが恋愛感情だとは気づきません。恋らしい恋を一度も経験したことがなかったからです。

レナール夫人は絶えずジュリアンのことを考え続けながら、自分を咎める気持ちなどまったく起こらなかったのです。つまり、女性にとって恋愛は（とくに不倫は）、恋しているという疚しさを隠蔽できる状況のほうが生まれやすいということなのです。

高校生の私は、当然、ジュリアンの視点から読んでいましたから、レナール夫人の気持ちが正確に理解できていたとはいえません。しかし、再読時には、スタンダールが女性読者を想定して『赤と黒』の半分を書いていることに気づきました。まさに女性読者が「うんうん、わかるこの気持ち！」となるようなストーリー展開となっているのです。たとえば、レナール夫人が否応なく恋心を自覚せざるを得なくなる瞬間の描写です。レナール夫人は、小間使いのエリザがジュリアンに結婚を申し込んだと聞いて嫉妬を覚えますが、ジュリアンから断られたと聞くと、あふれてくる幸福感の奔流に打ち勝てなくなります。これなどは女性の恋愛心理の分析家であったスタンダールならではのものです。

ジュリアンから見たレナール夫人との恋愛

では、ジュリアンはどうだったのでしょう？

ジュリアンにとって、レナール夫人の魅力は強烈ではありますが、絶対的なものではありません。ジュリアンにとって絶対的なもの、それは自尊心がこうと定めた目標に到達することです。この自尊心の充足だけが彼を幸福にできるのです。ジュリアンはレナール夫人が庭のベンチに座っているとき、手を握ろうと決心しますが、それは決闘と等しいほどの勇気を必要とする「義務の遂行」なのです。

「時計が10時を打つその瞬間に決行だ。昼の間から、夜に

なったらやると決めていたことじゃないか。もしだめなら、部屋に帰ってピストルで頭を撃ち抜くしかない」

つまり、レナール夫人との恋愛は、ジュリアンにとって「困難とその克服に伴う自尊心の満足」でしかないのです。極端に言ってしまえば、たとえ相手がレナール夫人でなくともジュリアンは同じことをしたに違いありません。事実、レナール夫人との関係が夫にバレて追放されたあと、ジュリアンはパリに上って、今度はラ・モール侯爵令嬢のマチルドに対しても、この「困難とその克服に伴う自尊心の満足」を味わうためにおおいに奮闘することになるのです。

スタンダールが描きたかったのは、男と女におけるこうした"非対称"ではないかと思われます。男にとって恋愛はあくまで観念的なものに留まるのに対し、女にとって恋愛は常に具体的なかたちを取って現れるということです。

現代フランスに見る、男と女の"非対称性"

ところで、40年前の日本では、恋愛はむしろ「春の目覚め」のような自然発生的なものと考えられており、自尊心や虚栄心の満足のために恋をするというフランス式恋愛は理解を超えていました。私がいまひとつピンと来ないと感じたのも当然です。

しかし、後にフランス文学に親しみ、長期滞在してフランス社会を観察するようになると、ジュリアンのような「成果達成主義」のドン・ファンはかなり広範に存在していることに気づきました。そうした男にとって、少なくともオランド大統領の世代くらいまでは、恋愛は自己存在の確認のために不可欠な要素であり、生きる理由（レーゾン・デートル raison d'être）と

なっているのです。ただし、現代のフランスでは日本と同じように若い男性のオタク化が進んでいますから、ジュリアン・ソレル型は徐々に減少に向かっているのかもしれません。

一方、レナール夫人タイプの女性はフランスでは絶滅状態のように見えます。ただ、実際には、現代の映画や小説を見る限り、かたちを変えて生き残っているようです。つまり、仕事人間で恋などしたことのない女性がある日、野心的な美少年と出会って恋に落ちるというようなシチュエーションが多く描かれていますから、これが現代のレナール夫人なのかもしれません。

対するに、ジュリアンと同じように恋愛を自尊心の充足の一手段と考えるマチルド型の女性は、当時は例外でも、現代ではむしろ一般的になっているようです。この意味では、男女の"非対称性"は解消されつつあるのかもしれません。

こうした観点から読み直すと、『赤と黒』はきわめて現代的な価値をもつ小説であり、スタンダールが、50年ないしは100年たったあとに初めて現れるだろう慧眼の読者に向けて《To the happy few》と書いた理由がわかってくるのではないでしょうか？

現在の視点

今日もなお『赤と黒』が読まれ続ける理由とは

優れた古典は、時代が更新されるたびに何度も蘇（よみがえ）りますが、『赤と黒』もまたしかりです。では、1830年に出版されてから186年たった今日においても『赤と黒』が読まれ続けるのは、いかなる理由によるのでしょうか？

それは「ゲームとしての恋愛」が描かれていることに尽きます。つまり, 完全に衣食住の必要が満たされてしまった先進国において, 恋愛はパスカル的な意味での「ひまつぶし」を目的としたゲームとならざるを得ないということです。生殖本能からは限りなく遠い,「ひまつぶし」としての恋愛。マリヴォー以来のフランスの伝統に忠実なスタンダールの『赤と黒』はこう考えると非常に現代的で, もし, 優れたコンピューター・ゲームの作者がいるとしたら, 『赤と黒』はまたとない題材となることでしょう。

翻訳書ガイド

いま手に入る『赤と黒』
・新潮文庫, 小林正訳
・岩波文庫, 桑原武夫訳
・光文社古典新訳文庫, 野崎歓訳

おさえておきたいフレーズ

Cette main se retira bien vite ; mais Julien pensa qu'il était de son devoir d'obtenir que l'on ne retirât pas cette main quand il la touchait. L'idée d'un devoir à accomplir, et d'un ridicule ou plutôt d'un sentiment d'infériorité à encourir si l'on n'y parvenait pas, éloigna sur-le-champ tout plaisir de son cœur.

Son âme fut inondée de bonheur, non qu'il aimât Mme de Rênal, mais un affreux supplice venait de cesser.

Julien avait compris que se laisser offenser impunément une seule fois par cette fille si hautaine, c'était tout perdre.

Du moment qu'elle eut decidé qu'elle aimait Julien, elle ne s'ennuya plus. Tous les jours elle se félicitait du parti qu'elle avait pris se donner une grande passion.

その手はすばやく引っ込められた。そこで, ジュリアンは, 触っても相手が手を引っ込めないようにすることこそ自分の義務であると考えた。それは果たすべき義務であり, もし失敗したなら物笑いの種になるか, さもなければ劣等感のもととなるに違いない。こう考えると彼の心の喜びは一瞬のうちに消えてしまうのだった。

> ジュリアンは偶然触れたレナール夫人の手が引っ込められたことから, 翌日, リベンジを決意する。

　ジュリアンの魂は幸福感でいっぱいになった。ただし, レナール夫人を愛していたからではない。恐ろしい責め苦がたったいま終わったからである。

> 時計が10時を打つと同時にレナール夫人の手を握るのに成功したジュリアンが「義務の遂行」に安堵する場面。

　ジュリアンにはわかっていた。これほどに高慢な娘に一度でも侮辱されてそのままにしていたら, もうそれでおしまいだと。

> ジュリアンはマチルドが示す媚態が果たして自分を侮辱するための罠(わな)なのか否か見抜けぬまま, 自尊心のバトルを続ける。

　ジュリアンを愛しているのだと決めた瞬間から, マチルドはもう退屈しなくなった。烈しい恋をしようと決心したことを毎日のようにうれしく感じるのだった。

> マチルドは退屈への恐れから, ジュリアンに恋していると思い込む。

『赤と黒』

"Le Père Goriot"

『ペール・ゴリオ(ゴリオ爺さん)』

1835年

Honoré de Balzac

オノレ・ド・バルザック

1799-1850。公証人の見習いとなるかたわら、20歳でソルボンヌ大学で法律学を学ぶ。文学を志し、大衆小説を書きまくったあと、様々な事業を興すものの、ことごとく失敗し、莫大な借金を抱えることになる。30歳で成功を収め、以降、『人間喜劇』の総題のもとにまとめられる『ウジェニー・グランデ』『従妹ベット』『従兄ポンス』などの長編小説を次々に発表する。

オノレ・ド・バルザック

| あらすじ | 王政復古初期、カルティエ・ラタンの賄い付き下宿ヴォケール館には7人の下宿人が住んでいた。

最上階の一番安い部屋を借りているのはペール・ゴリオ(ゴリオ爺さん)と呼ばれて、皆からイジメられている老人。製麺業で財を成し、2人の娘に莫大な持参金をつけて貴族に嫁がせたが、伯爵夫人と男爵夫人になった娘たちは民衆階級出身の父をうとましく思い、愛人に貢いだ金の埋め合わせをするときだけ父親のもとを訪れる。ゴリオにとっては、それが大きな生きがいとなっていたが、さすがのゴリオの財力にも限界があり、いまでは尾羽打ち枯らして下宿でも一番安い部屋に住んでいる。

隣の同じ家賃の部屋に住むのがウージェーヌ・ラスティニャックというアングレーム出身の学生。貧乏貴族の長男で、実家からの仕送りで勉学に励んでいるが、親戚のボーセアン子爵夫人の舞踏会に招かれて以来、社交界に打って出て、女性の後ろ盾で「いきなり」出世することを夢見ている。レストー伯爵夫人の屋敷を徒歩で訪問して「馬車なしダンディーの悲哀」を味わったために、身なりを整える軍資金を送ってくれと貧しい母と妹たちに手紙を出す。

同じ下宿屋で、こうしたラスティニャックをしっかり観察していたのが謎の中年男ヴォートラン。じつは、ヴォートランはジャック・コランという脱獄徒刑囚で、ラスティニャックの野心

"Le Père Goriot"
『ペール・ゴリオ(ゴリオ爺さん)』／オノレ・ド・バルザック 作

を知ると、「いきなり」出世するには、少なくとも金持ちに見えなくてはいけないが、そう見えるには金がいると説教し、同じ下宿のタイユフェール嬢に言い寄って愛を勝ち得るように勧める。

タイユフェール嬢は大金持ちの父親から実の子であることを否認され、知り合いの婦人と一緒にひっそりとヴォケール館に暮らしているのだが、ヴォートランはこれに目をつけ、タイユフェール氏の一人息子を殺害し、遺産の相続人となったタイユフェール嬢をラスティニャックと結婚させる計画を立てているのだ。

ラスティニャックはすんでのところで計画に加わりそうになるが、ヴォートランが別の下宿人の密告で逮捕されたために、間一髪のところで悪事への加担を免れる。

一方、ゴリオは娘たちの借金の工面をしてやっているうちにさらに貧乏になるが、ラスティニャックが娘のニュッシンゲン男爵夫人に恋しているのを知ると、その手助けをしてやろうと申し出る。そうすることで娘の愛情が戻ってくると信じていたのだが、娘たちの借金が返済不可能なものだと知ると、ゴリオは卒中に倒れる。だが、娘たちは臨終の床にある父に会いに来ようともしない。

ラスティニャックはしかたなく……。

講義

『ペール・ゴリオ』の時代背景

 『ペール・ゴリオ』の時代背景は王政復古後の1819年。直接的には言及されてはいませんが大革命が大きな影を落としています。

 ですから、『ペール・ゴリオ』を理解するには大革命の本質とその原因を理解しなければなりません。

 私たちは歴史の教科書で、アンシャン・レジーム期の社会は、王侯貴族が贅沢三昧に耽る一方で民衆は貧困に喘いでいたために民衆の怒りが爆発したと習いましたが、これはあまりに単純な旧左翼的な見方です。というのは、歴史をしっかりと考察すると、このような富の偏在状態では一揆は起こっても革命は起こらないことが明らかだからです。

 じつは、革命というものは、社会が一定の豊かさに達して、欲望の水準が上がったときに初めて準備されるものなのです。つまり、欲望の水準は上がるけれど、実際の生活の水準は緩慢にしか上がらないといったときにむしろ革命は起こるのです。いいかえると、革命以前から民衆の生活水準は少しずつ上昇してはいたのですが、欲望の水準がそれをはるかに超えるスピードで上昇したために、ソフト・ランディングではなくハード・ランディングにならざるを得なかったということです。

 そして、大革命のあとにも、欲望の水準は下降することなくどんどん上昇して、七月革命と二月革命という二度の革命を必要とするまでになりますが、『ペール・ゴリオ』は、こうした欲望の水準の急上昇によって躍らされる人物たちを巧みに描い

ています。

欲望に躍らされる人たち
～ゴリオとその2人の娘の場合～

　たとえばゴリオとその2人の娘です。ゴリオはヴェルミセルというイタリア風の細いパスタを主に扱う零細製麺業者でしたが, 大革命の際, 暴動の犠牲になった親方の株を安く買い取り, 革命の地区委員という立場を利用して情報を手に入れ, 小麦を安く買い求めたことから大富豪への道を歩み始めます。パンの値段が暴騰し, 代用食としてパスタを買い求める人が増えると予想したのですが, 事態は読み通りに進展し, ゴリオは巨万の富を手に入れます。その富は6万リーヴル(約6000万円)の公債利子から逆算すると, 最低12億円の財産ということになりますが, ゴリオの欲望はそこには留まりません。娘たちを貴族に嫁がせたいというレベルに欲望が迫り上がったからです。ゴリオは結局, この欲望を実現しますが, しかし, 次には2人の娘たちの欲望の水準がさらに上がります。貴族と結婚できただけでは満足できず, 若くて美男子の愛人が欲しくなるのです。しかし, 愛人に貢ぐ金は夫に押さえられていますから, 頼れるのは父親だけということになり, ゴリオはさんざんにむしり取られたあげく, 悲惨な最期を迎えることになるのです。

欲望に躍らされる人～青年ラスティニャックの場合～

　一方, ラスティニャックも欲望の水準の急激な上昇を象徴する人物です。実家は一応アングレームの貴族ですが, 大革命で小作地が農民に分け与えられた影響でしょうか, パリで学ぶ長男の彼に年額1200フラン(約120万円)の仕送りを

するのがやっとという財政状態です。そのためラスティニャックは地道に法律の勉強を続けるしかありません。しかし、ラスティニャックの欲望はそうした緩慢な歩みを我慢していることはできません。「いますぐ」、「ここで」、「いきなり」金持ちになり、社交界で出世して、高位高官の地位に就きたいのです。

そこで、ラスティニャックは、社交界の有力夫人の後ろ盾がありさえすれば無一文の青年でも政界で出世できるという王政復古期特有の風潮に目をつけ、親戚のボーセアン子爵夫人のコネを頼りに社交界に入り込もうとしますが、しかし、ラスティニャックには見栄を張ろうにも軍資金がありません。そのため、泥で汚れた靴をレストー伯爵夫人の召使に馬鹿にされて屈辱を味わいます。

大革命がもたらす最大の"産物"

こうした欲望の水準が急上昇した時代に欲に駆られる人間をうまく利用してやろうと待ち構えていたのが脱獄徒刑囚ヴォートランです。ヴォートランはラスティニャックが「いきなり」出世したい欲望に身を焦がしているのを見ると、巧みに言いよって、自分の仲間に引き入れようとします。そのときヴォートランがラスティニャックを説得するために使った論法は要約すればショート・カット人生の勧めですが、このショート・カット人生を狙う若者の大量出現こそが大革命の最大の産物なのです。

「もし、君がてっとりばやく出世したいんなら、すでに金持ちか、少なくともそう見えなくちゃいけない。金持ちになるんだったら、このパリじゃ、一か八かの大バクチを打ってみるに限る、さもなきゃ、せこい暮らしで一生終わりだ。はい、ご

苦労さん」

　ラスティニャックはこのヴォートランの誘惑に負けそうになり「ぼくに,何をしろというんです?」と尋ねるところまでいきますが,偶然が作用して,間一髪のところでヴォートランの魔手から逃れます。

　そこで,ラスティニャックは改めて社交界を目指し,ゴリオのもう1人の娘ニュッシンゲン男爵夫人に目標を切り替えて再チャレンジを試みますが,そうしているうちにも,ゴリオは心痛から卒中の発作を起こして寝たきりになります。そして,ラストに,娘たちに看取られずに息を引き取ったゴリオの葬式を自分の費用で出したあと,ペール・ラシェーズ墓地の高台から上流社交界のあるあたりを見据えて次のような言葉を吐くのです。

「今度は,おれとおまえの一対一の勝負だぞ!」

　これぞ,大革命後に,大量に出現した「いきなり」系の若者に最もふさわしい言葉ではないでしょうか?

現在の視点

「金がすべて」の社会で立身出世を目指す青年像を描いた記念碑的作品

　大革命で既成の社会システムが崩壊し,「金がすべて」となった世の中で,自分だけしか恃むもののない青年が,悪魔に魂を売り渡すことなく,社会と闘うにはどうしたらいいかとい

う近代的テーマをとりあげた記念碑的作品。ラスティニャックは「やりたいことをやり, いきなり有名になって大金持ちになりたいが, 面倒くさい努力は嫌いだ」という現代的青年のプロトタイプで, 以後, フロベールも, モーパッサンも, ゾラも, 自分なりのラスティニャックを造形しようと腐心することとなります。シェイクスピアの『リア王』との類比が指摘されますが, ゴリオはまさに矮小化されたリア王といえます。人物再登場法が最初に使われた作品で, バルザックがつくりあげた壮大な『人間喜劇』の入口として最適です。

翻訳書ガイド

いま手に入る『ペール・ゴリオ』
・バルザック「人間喜劇」セレクション第1巻,
　鹿島茂訳, 藤原書店

『ゴリオ爺さん』という訳題で
・岩波文庫, 高山鉄男訳
・新潮文庫, 平岡篤頼訳
・集英社文庫ヘリテージシリーズ,
　ポケットマスターピース03
　『バルザック』, 博多かおる訳
がある。

おさえておきたいフレーズ

« Si j'étais riche, se dit-il en changeant une pièce de trente sous qu'il avait prise *en cas de malheur*, je serais allé en voiture, j'aurais pu penser à mon aise. » Enfin il arriva rue du Helder et demanda la comtesse de Restaud. Avec la rage froide d'un homme sûr de triompher un jour, il reçut le coup d'œil méprisant des gens qui l'avaient vu traversant la cour à pied, sans avoir entendu le bruit d'une voiture à la porte.

« Voyez-vous, vous ne serez rien ici si vous n'avez pas une femme qui s'intéresse à vous. Il vous la faut jeune, riche, élégante. Mais si vous avez un sentiment vrai, cachez-le comme un trésor; ne le laissez jamais soupçonnez, vous seriez perdu. »

「ああ、金さえあれば」と、彼はまさかの用心にもってきた30スーの銀貨を両替しながらつぶやいた。「馬車で行けるのになあ。馬車なら、落ち着いて考えごともできるだろうに」。ようやくのことで、ウージェーヌはエルデール通りに着いた。そして、レストー伯爵夫人に面会を求めた。下男たちは馬車が門から入ってくる音も聞こえなかったのに、彼が歩いて中庭を横切るのを見たので、すっかり軽蔑しきった視線を投げてよこした。今に見返してやるぞと心に固く誓った若者は怒りを抑えてその視線を受けとめた。

> ラスティニャックがレストー伯爵夫人の邸宅を初めて訪問したときのこと。歩いてきたためズボンと靴に泥がこびりついたので、パレ・ロワイヤルで金を払って泥を落としてもらわなければならなくなったのだった。

「いいですか、この社交界では、あなたに興味をもってくれる女がいなければ、あなたはゼロです。あなたに必要なのは、若くて、金持ちで、エレガントな女です。でも、もしあなたが本当に好きになってしまったら、そのときには、恋心を宝物のようにしっかりと隠しておきなさい。ぜったいに感づかれてはなりません。さもないと身の破滅です」

> 親戚の社交界の女王ボーセアン子爵夫人が、社交界の真実についてラスティニャックにレクチャーするところ。

"Carmen"

『カルメン』

1847年

Prosper Mérimée

プロスペル・メリメ

1803-70。弁護士資格をとり、22歳で処女作『クララ・ガスル劇曲集』を発表。次いで民謡集『ラ・グズラ』、歴史小説『シャルル九世治世年代記』などを執筆。史蹟監督官としてフランス各地やスペインや中近東などを旅行するかたわら、発表したのが本作である。近代リアリズム小説の先駆者と見なされている。

Prosper Mérimée

プロスペル・メリメ

| あらすじ | 『ガリア戦記』の古戦場を同定しようとスペインのコルドバ付近を歩いていた「私」はドン・ホセというお尋ね者の山賊と知り合う。数か月後、牢獄で絞首刑の順番を待っているドン・ホセと再会した「私」は、彼の口から、命取りとなった悲痛な恋物語の一部始終を聞かされる。

バスク地方の高貴な家柄の出であるドン・ホセはスペインの軍隊に入って伍長となり、駐屯地セヴィーリャの煙草(たばこ)工場で衛兵に立っていたとき、カルメンという女工から声をかけられ、真鍮(しんちゅう)の鎖をねだられる。断ると、カルメンは口にくわえていたカシアの花を親指で弾いてドン・ホセの眉間に投げつけ、そのまま工場の中に姿を消す。ドン・ホセはカシアの花を拾い上げて上着の中にしまい込む。

工場で起こった喧嘩で相手の女に重傷を負わせたカルメンを監獄に護送中、ドン・ホセは誘惑されて逃亡に手を貸してしまう。ある晩、大佐が催した宴会でカルメンの姿を見かけて嫉妬に狂うが、カルメンから逢い引きをもちかけられるといそいそと出掛ける。カンディレホの通りの安宿で狂熱の一夜を過ごしたあと、カルメンは密輸仲間に加われば愛人になってやると言いながら、最後には、自分は悪魔の化身だから、二度と自分のことを考えてはいけないと諭すように言う。ドン・ホセは兵営に戻るが、以来、カルメンのことしか考えられなくなる。

ある晩、城門の歩哨(ほしょう)に立っていたドン・ホセは逢い引きを

"Carmen"

『カルメン』／プロスペル・メリメ 作

餌にカルメンに誘惑され,密輸一味を見て見ぬふりをする。ところが,翌日,喜び勇んで約束の場所に出掛けると,カルメンが不機嫌な顔で現れ,駆け引きをするような男は嫌いだと言い捨て,骨折りの駄賃だと銀貨を1枚渡す。打ちのめされたドン・ホセは寺院の中で悔し涙に暮れた。すると,突然,カルメンが現れ,仲直りを申し出る。だが,約束の場所にまたもカルメンは現れなかった。ドン・ホセは逆上し,カルメンが連隊の中尉と密会している現場を襲い,中尉を殺してしまう。

　こうして,いつしかカルメンの密輸仲間に引き入れられたドン・ホセは,その一味の首領でカルメンの夫であるガルシアを嫉妬から殺し,カルメンの張り巡らした愛と憎しみの無間地獄に落ちていくのだった。

講義

『カルメン』の構造に含まれたメリメの思惑

　『カルメン』は実際に読んでみると,翻訳の文庫版で全115ページのうち,語り手の「私」によるイントロの二章が36ページ,最後のロマニ語に関する補足の第四章が10ページというように,半分近くがストーリーとは直接関係がない蘊蓄で占められており,およそ近代的な小説の体裁を備えていません。

　これは,メリメの小説作法が歴史の真実性を重んじる考証的態度に貫かれており,ロマン派的な熱狂からできる限り距離を置こうとする努力の表れであるとされてきました。

　しかし,書かれてから170年近くたった今日の視点からこの「工夫」を再考してみると,どうも,メリメが『カルメン』の革命性を強く意識していたためであるような気がします。つまり,劇薬を扱うように厳重に封印し,その激烈な「思想」が外部に漏れないようにしたとしか思えないのです。言いかえると,メリメは『カルメン』が時代を一気に変えてしまいかねない価値転倒的な要素を含んでいることを強く自覚していたということです。

ドン・ホセとカルメンに見る "革命的な価値転倒"

　では,ドン・ホセが一人語りで語る物語のどこが革命的で価値転倒的なのでしょうか？

　それは,『マノン・レスコー』のマノンや『椿姫』のマルグリットなどの,いわゆる「ファム・ファタル(宿命の女)」とカルメンを比較してみるとよくわかります。ヒロインは語り手の男を愛情あ

るいは気まぐれで翻弄し,焼けるような苦しみを味わわせるという点では同じですが,マノンやマルグリットには,カルメンのような断固たる意志と主体性が感じられないのです。

マノンやマルグリットは自分の魅力を最大限に利用して男心をもてあそびながら,なかなか思いを遂げさせないジラシのテクニックが得意ですが,その根底にあるのは「弱さ」や「自堕落さ」であって「強さ」ではありません。

これに対して,カルメンに一貫しているのは男性的ともいえる「強さ」です。そう,カルメンは,今日,さまざまなドラマに登場する「強い女」の第一号なのです。

それはドン・ホセとの出会いの場面からはっきりと感じられます。カルメンはドン・ホセが言葉ではなびかないと見るや,実力行使に出て,口にくわえていたカシアの花を眉間に投げつけますが,それは「男なんてこうしてやればすぐに言うことを聞くさ」という軽蔑から生まれた行為でした。ところが,なんとも不思議なことに,ドン・ホセは,本来なら男にとっては看過できないはずのカルメンの軽蔑的態度に心を鷲摑みにされてしまうのです。女が強ければ強いほどひきつけられるマゾヒスティックな男の快楽といったらいいのでしょうか?

対するに,カルメンがドン・ホセにひきつけられた理由はというと,ドン・ホセが強いからではなく,弱いからです。一夜を2人で明かしたあと,ドン・ホセが連隊の点呼のために帰ると言い出した途端,カルメンはドン・ホセを罵り,「あんたはカナリヤだ」とか「あんたの心はメンドリだ」と最大級の侮辱を浴びせますが,では,カルメンがドン・ホセに強い男であってほしいと望んでいるのかというと,実はそうではないのです。「あんたはきれいな男だから,このあたしの気にいった」というように,カルメンはドン・ホセの「体は頑丈で美男子」という見てく

れの良さと、その反対の「弱い心」に惚れたのです。ドン・ホセを「守ってやらなくてはならない男」と思ったからこそ、恋心が芽生えたのです。

ひとことでいえば、従来の恋物語とはすべてが逆さまになっているのです。

カルメンが"強い女"である理由

では、なにゆえにこうした転倒は起こってくるのでしょうか？

カルメンが経済的にも自立した女だからです。もちろん、カルメンはお金が必要なときには娼婦まがいのことも平気でしますが、自分では密輸団のマネージャーを「職業」だと思い、その「仕事」に生きがいを見いだしているようです。「密輸団」のマネージャーという職業柄、さまざまな男たちを籠絡しますが、それは女スパイにとってのハニー・トラップのような「職業上の必要」なので、なんの良心の呵責も感じてはいません。

しかし、前近代的な男女観に縛られているドン・ホセにとっては、そうしたカルメンの「自立した女」の振るまいが我慢できないのです。そのため、すぐに嫉妬し、自分だけの独占的な愛を主張しますが、そうした態度こそカルメンにとって最も許しがたい「領域侵犯」なのです。そして、自分の好きなように生きる「自由」を捨てるくらいなら、殺されても構わないとさえ言い切り、事実、その通りになってしまうのです。

「自由のためなら死んでもいい」

この「近代思想」に最初に殉じた女性、それこそがカルメンなのです。

現在の視点

「オペラとの違い」と「メリメの私生活」

　小説『カルメン』では、ビゼーのオペラでおなじみの闘牛士エスカミリオは登場しません。闘牛士のルーカスという恋敵は登場しますが、エスカミリオに比べたらはるかに影の薄い存在です。おそらく、ビゼーは小説からオペラを創るときに、もっと強力なライバルがいなければ劇の構成が弱いと感じてエスカミリオを造形したのでしょう。たしかに、そのために、オペラは華やかなものに変わりましたが、しかし、それによって失われたものも少なくありません。そのひとつが、「恋よりも自己実現だ」というカルメンの現代性なのではないでしょうか？

　ちなみに、メリメに『カルメン』のもとになる実話を教えたスペインのモンティホ伯爵夫人というのは、後のナポレオン三世の皇后ウージェニーの母親で、メリメの愛人として知られた女性でした。そういえば、皇后ウージェニーも決断力のないナポレオン三世の尻を叩いて普仏戦争に踏み切らせた「意志の女」ではありました。あるいは、メリメはこの幼い娘の中に「小さなカルメン」を見ていたのかもしれません。ナポレオン三世とウージェニーとの関係をドン・ホセとカルメンのそれに見立てて19世紀の歴史を読み返すのもまた一興ではないでしょうか？

翻訳書ガイド

いま手に入る『カルメン』
・岩波文庫, 杉捷夫訳
・新潮文庫, 堀口大學訳
・新訳・世界の古典シリーズ
  工藤庸子訳, 新書館

おさえておきたいフレーズ

Et prenant la fleur de cassie qu'elle avait à la bouche, elle me la lança, d'un mouvement du pouce, juste entre les deux yeux.(...)je ne sais ce qui me prit, mais je la ramassai sans que mes camarades s'en aperçussent et je la mis précieusement dans ma veste. Première sottise!

Je ne veux pas être tourmentée ni surtout commandée. Ce que je veux, c'est être libre et faire ce qui me plaît. Prends garde de me pousser à bout.

すると,彼女は,口にくわえていたカシアの花を手に取り,親指で弾いて私の眉間に投げつけたのです。(中略)どうしたはずみか,私は仲間に気づかれぬようそれを拾い上げ,上着の中に大切にしまい込んだのでした。これが最初の愚行でした!

> オペラのハイライト・シーンのひとつ。眉間にカシアの花(キンゴウカン Acacia farnesiana)をぶつけられたドン・ホセは怒りと同時に得も言われぬ快楽を感じ,カルメンに強くひかれていく。拾い上げたカシアの花はその複雑な恋心の象徴。

わたしはつきまとわれるのも嫌いだけど,命令されるのが一番嫌いなんだよ。わたしの願いは自由でいること,それにやりたいことをやることさ。わたしを限界まで追い詰めないようにしておくれよ。

> ガルシアを決闘で殺したドン・ホセが,やきもちを焼き,亭主風を吹かせ始めると,カルメンは激しく反発して,自分は自分の自由意志で動くのだと宣言する場面。《女性解放》の開始を告げる宣言ではなかろうか?

"Sylvie"

『シルヴィー』

1853年

Gérard de Nerval

ジェラール・ド・ネルヴァル

1808-55。本名Gérard Labrunie。ゲーテ『ファウスト』の翻訳者として文壇にデビューし、シラーの詩などを仏訳した。親友のゴーティエとともにロマン派の詩人として活躍。中東への旅をもとに『東方旅行記』を発表。徐々に精神を病み、場末の街角で縊死しているところを発見された。象徴派詩人の先駆者として、プルーストらに影響を与えた。

ジェラール・ド・ネルヴァル

| あらすじ | 劇作家の「私」は、ある女優に恋して、毎晩、劇場に通っている。といっても、それが漠としたイメージへの恋であることはちゃんと自覚していた。

ある晩、「私」は劇場を出て、同年配の青年たちが集うクラブに顔を出し、帰り際に、新聞閲覧室で、外国債の値動きをチェックしようと新聞をめくっていたとき、ヴァロワ地方のロワジーで開かれる「田舎の花束祭り」の記事に目をとめた。そのとたん、少年時代に経験したそのお祭りのことが思い出された。

夜、ベッドで夢うつつの状態にいるとき、脳裏に蘇(よみがえ)ってきたのは城郭を囲む広場で行われていた歌祭りだった。黒い瞳の村娘シルヴィーと祭りに参加していた「私」は、踊りの輪の中でアドリエンヌという金髪の美少女にキスするように命じられ、少女の巻き毛が頬に触れた瞬間にかつて感じたことのなかったような不思議な心の動きを覚えたのだった。アドリエンヌは心にしみとおるような声で哀愁に満ちた古いロマンスを歌い終えると、城郭の中に姿を消した。ヴァロワ王家に連なる名門の城主の娘で、その日だけ遊びに加わるのを許されたのだが、翌日には女子修道院に戻ることになっていたのだ。シルヴィーのもとに帰ると、彼女は泣いていた。パリで勉強を続けるために「私」はパリに戻ったが、その日以来、アドリエンヌの面影は「私」を離れることがなくなった。

"Sylvie"
『シルヴィー』／ジェラール・ド・ネルヴァル 作

　しかし, 回想しているうちに, 故郷に置き去りにしてきたシルヴィーのことが気になり始めた「私」は急に会いたくなり, 午前1時になっていたにもかかわらず駅馬車を乗り継いで, 一路, ロワジーを目指した。

　駅馬車に揺られているあいだ, 「私」はアドリエンヌとの出会いから何年かたって再びロワジーの村祭りに出掛けたときのことを思い出す。シルヴィーの伯母さんの家で伯母さん夫妻が新婚のときに着た古い晴れ着を見つけ, シルヴィーと一緒に身にまとって伯母さんを感動させたこと。また, シャーリという町で女子修道院の寄宿生たちによって演じられたキリスト教の神秘劇に聖霊の役でアドリエンヌが登場した場面も思い出した。しかし, それは夢だったような気もするのだ。

　こうして早朝にロワジーに着いた「私」は, 一晩中踊り明かしていたシルヴィーと再会を果たし, ルソーゆかりの地であるエルムノンヴィルやシャーリなどを一緒に散歩するが, しかし, シルヴィーはもうそのときには……。

講義

『シルヴィー』に描かれる「オタク」の望み

『シルヴィー』は、ジェラール・ド・ネルヴァルが1854年に出版した短編集『火の娘たち』に含まれる一編で、現在と追憶を巧みに配した名品として高く評価されてきました。とりわけ、ナレーションと想起される過去が幾重にも複雑にからみあっているところは、プルーストの『失われた時を求めて』に大きな影響を与えたことで有名です。

しかし、過去の小説を21世紀の社会に生きる人間として読み返すというこの本の趣旨からすると、興味は別なところにあります。

それは、いまや日本だけではなく世界的現象として認知されるに至った「オタク」という類型の原初的な形態が『シルヴィー』にはしっかりと描かれているということです。

まず、冒頭、「私」がさる有名女優に恋して毎晩劇場通いをしている事実が示されますが、しかし、「私」はその女優に直接コンタクトを取ったり楽屋を訪ねようとしたりはしません。劇作家ですから、いくらでもそうしたことは可能なはずなのに、です。ではどういう態度で女優に恋しているのでしょうか？

「私は彼女の中で生きていると感じていたし、彼女は私のためにだけ生きていた。彼女が微笑むとき、私の心は無限の幸せで満たされた」
「1年も劇場通いをしながら、彼女が舞台以外の場所でどんな暮らしをしているか知ろうとも思わなかった。私に彼女

のイメージを送り返してくれる魔法の鏡を曇らせてしまうのを恐れていたのだ」
「近くから見たりしたら,現実の女性は私たちの純な心を裏切るにちがいない。あくまで,女王として,あるいは女神として現れてくれなければ困るのだ。近づいてくるなどめっそうもないことだった」

　つまり,「私」は,舞台と客席という踏み越えられない距離があるからこそ,女優に一方的に恋して,その女優のイメージを所有し,幸せを感じることができるのですが,その女優が近づいてきたり,現実の女としてふるまったりしたのでは,そのとたんに完璧なイメージが瓦解してしまうので,なんとしてもこれは避けたいと望んでいるのです。

　私はこれを「遠隔性欲動」と呼んでいます。AKB48やももいろクローバーZなどのアイドルに熱狂してライブに通いつめ,グッズを買って「支えて」やっても,いざアイドルたちに話しかけられたりすると,とたんに知らん顔を決め込む「オタク」は,まさにこの遠隔性欲動に従っているのです。

「私」のアドリエンヌへの「遠隔性欲動」とは

　では,いったいこうした「遠隔性欲動」はどのようにして生まれてくるのでしょうか？　小説では,少年の頃,村祭りの踊りの輪の中に突如,アドリエンヌという城主の娘が出現し,古いロマンスを心にしみいるような声で歌うのを聞いた瞬間からとされています。

　しかし,さらに深く読むと,そこでは,アドリエンヌという美少女と,彼女が歌う古いロマンスの内容,つまり,許されぬ恋をしたために父の命令で塔の中に幽閉されたお姫さまのイメー

ジが同一視され,そのイメージの重なりが,「私」の恋心を誘発したことがわかってきます。すなわち,「私」は,現実のアドリエンヌというよりも,アドリエンヌの中に現れた幻のお姫さまのイメージに眩惑されてしまったのです。そして,そのロマンスの中のお姫さまのイメージとは,さらにそこから遡って,遠い,原初の世界の女神,聖母マリアやエジプト神話のイシスにまで至るものなのです。

このように,遠隔性欲動は,たんに空間的距離ばかりではなく,時間的距離もまた,恋心を発動させる必要条件としているのです。

伝記的な事実からいえば,ネルヴァルが幼いときに母と死に別れたことが大きく関係しています。つまり,「私」が,時空間の遠隔性欲動によってたぐり寄せようとしているのは,失われた母のイメージだったのかもしれません。

「私」の遠隔性欲動への女性たちの反応

さて,話を『シルヴィー』に戻すと,「私」は,現実には純朴な村娘のシルヴィーとつきあって,ヴァロワ地方の美しい町や村を散策し,そのつど,シルヴィーと子どものように戯れているのですが,しかし,シルヴィーも次第に歳を重ねて少女から女になってくると,「私」の中に観察される遠隔性欲動を疎ましく思うようになります。「私」が恋しているのは,目の前にいる自分ではなく,自分を介して「遠く」に夢見ている「だれか」であることがわかってきたからです。

相手がこんな態度だったら,どんな女性でもいやになるはずです。現に,シルヴィーにもついに堪忍袋の緒が切れる瞬間がやってきます。一緒にシャーリの城郭を訪れた際,「私」はシルヴィーに,アドリエンヌのエピソードを話し,アドリエン

ヌが歌った歌を歌ってくれるように頼んだのです。当然、シルヴィーは愛想を尽かし、より現実的な選択をして、別の青年のもとへと去ってしまいます。

そして、同じような悲劇が、今度は、女優のオーレリーを相手にしたときにも起こって、「私」は1人取り残されることになるのです。

「オタク」はたとえイケメンであっても、目の前にいる女性をその女性として愛することができないがゆえに、絶対にモテません。『シルヴィー』は、この冷厳な事実を教えてくれる貴重な作品なのです。

現在の視点

ネルヴァルがつづる
ヴァロワ地方の自然描写にも注目！

幻の恋人への遠隔性欲動のために、現実の恋人に去られる「オタク」の悲劇もさることながら、ネルヴァルがすばらしい文章で描き出しているヴァロワ地方の美しい自然もまた、この小説の読みどころです。ヴァロワ地方は、ブルボン王朝に代わる前のヴァロワ王朝の王たち、およびブルボン王朝最初の王であるアンリ四世が愛した緑豊かな風光明媚な場所なので、『シルヴィー』を読むと、描かれているロワジー、シャーリ、エルムノンヴィル、モルトフォンテーヌ、シャンティイといった町や村を訪れてみたくなります。パリの北駅から電車に乗れば、1時間もしないで着く距離にありますから、『シルヴィー』のテクストを片手に一度、足を運んでみてはいかがでしょうか？

翻訳書ガイド

いま手に入る『シルヴィー』
・大学書林語学文庫, 坂口哲啓訳注

その他に……
・『ネルヴァル全集 5』筑摩書房,
　中村真一郎, 入澤康夫訳
・『火の娘たち』ちくま文庫,
　中村真一郎, 入澤康夫訳
がある。

おさえておきたいフレーズ

On s'assit autour d'elle, et aussitôt, d'une voix fraîche et pénétrante, légèrement voilée, comme celle des filles de ce pays brumeux, elle chanta une de ces anciennes romances pleines de mélancolie et d'amour, qui racontent toujours les malheurs d'une princesse enfermée dans sa tour par la volonté d'un père qui la punit d'avoir aimé.

Elle m'écoutait sérieusement et me dit : « Vous ne m'aimez pas ! Vous attendez que je vous dise « La comédienne est la même que la religieuse »; vous cherchez un drame voilà tout, et le dénouement vous échappe. Allez, je ne vous crois plus. »

みんな彼女のまわりに座った。するとすぐに彼女はこの霧の多い地方の娘によくあるような少し霞みがかかってはいるが、さわやかで心にしみとおるような声で、メランコリーと愛に満ちた古いロマンスを歌った。それは、許されぬ恋をしたために罰として父によって塔に閉じ込められたお姫さまの不幸な身の上を語ってやまない古いロマンスのひとつだった。

> 村の祭りでアドリエンヌと初めて会って、宿命の恋に落ちたときのこと。

彼女は真剣な顔をして私の話を聞いていたが、やがて言った。「あなたが愛しているのは私じゃないわ！ あなたは、私の口から《女優の私はじつは修道女と同じ女なんです》と言ってほしいのよね。あなたが求めているのはドラマなの、それだけ。でも、残念だけど、お望みの結末にはならないわ。もういいわ、あなたの言うことなど本気にしないから」

> アドリエンヌと初めて会った場所に女優のオーレリーを連れていき、アドリエンヌの物語を語り、夢でしか会えなかった恋人とやっと会えたと告白する場面。

『シルヴィー』 095

"Madame Bovary"

『ボヴァリー夫人』

1857年

Gustave Flaubert

ギュスターヴ・フロベール

1821-80。ルーアンの外科医の家に生まれ、若くして病を得る。ルーアン近郊のクロワッセに移り、生涯ここで過ごし、執筆に専念した。デュ・カン主宰の雑誌『パリ評論』に『ボヴァリー夫人』を分割掲載し、大きな反響を呼ぶ。このほか『感情教育』などの作品で写実主義を確立するとともに、『サランボー』『聖アントワーヌの誘惑』などの小説では歴史や伝説の世界をロマンティックに再現している。

ギュスターヴ・フロベール

あらすじ

　コレージュ(高等中学)の自習室に1人の編入生が入ってきた。午後の授業で先生が名前を尋ねたが、聞き取れない。編入生は「シャルボヴァリ」と早口でどなり、クラス中の物笑いにされる。編入生の名前はシャルル・ボヴァリー。父親は元軍医補で、妻の持参金を食いつぶし、自堕落な生活を送っていた。夫に幻滅した妻は息子の教育に情熱を注ぎ、ルーアンの医科学校に進学させて免許医の資格を取らせた。

　母親の言いつけ通り、年上の未亡人デュビュック夫人と結婚し、田舎町トストで開業したシャルルは、ある冬の夜、骨折した農園主ルオー爺さんを往診し、娘のエンマに密かな恋心を寄せる。デュビュック夫人が急逝したあと、シャルルはエンマと再婚し、男の幸せをかみしめる。一方、寄宿学校で恋愛小説に読み耽っていたエンマは結婚生活に幻滅を覚える。近隣の侯爵邸の舞踏会に招待されてつかの間の幻影を見ては、モード雑誌を取り寄せてパリへの憧れを募らせるが、憂鬱は晴れない。妻の様子に心を痛めたシャルルはヨンヴィル゠ラベイに引っ越して再出発を図る。トストを発ったとき、エンマは懐妊していた。

　ヨンヴィル゠ラベイで夫妻を出迎えたのは俗物の薬剤師のオメーと公証人の助手のレオン・デュピュイ。エンマはレオンが文学や芸術を愛するロマンチックな青年であることを知る。

『ボヴァリー夫人』　097

"Madame Bovary"
『ボヴァリー夫人』／ギュスターヴ・フロベール 作

エンマは女の子を生み、ベルトと名付けて里子に出す。レオンはエンマに恋心を抱くが、エンマの表面的なつれなさを読み違え、法律の勉強のためにパリに発つ。

1人取り残されたエンマは悶々たる日々を送る。ある日、ボヴァリー氏の医院を訪れた遊び人の地主ロドルフはエンマの美しさに目をつけ、ヨンヴィルで開かれた農事共進会の最中にエンマを口説く。そんなこととも知らぬシャルルは、エンマにロドルフと馬で郊外を散策するよう勧め、自ら誘惑に手を貸す。ヨンヴィル近郊の森で、エンマはロドルフに身を任せる。

2人の恋人は逢瀬を重ねたが、エンマの態度が大胆になるにつれてロドルフは口実を設けて遠ざかる。一方、罪悪感に駆られたエンマは、夫に名医の評判を得させようと焦り、冒険的な手術を勧めるが、手術は惨めな失敗に終わる。失望したエンマはロドルフとよりを戻し、駆け落ちの約束を交わすが、潮時と見たロドルフが別れの手紙を召使に届けさせると投身自殺を試みる。さらにロドルフの馬車が立ち去る音を聞いてエンマは気を失い、病の床に伏せる。

病から回復したエンマは夫にオペラ見物に誘われてルーアンに出向き、パリから戻ったレオンと再会する。パリ生活で内気さを克服したレオンは馬車で市内を巡るうち、エンマに迫り、ついに思いを遂げる。レオンとの不倫に溺れたエンマは買い物中毒に陥り、出入り商人のルールーに借金の決済を迫られたあげく……。

講義

「階級移動」という"夢"が描かれた時代背景

　『ボヴァリー夫人』は「近代小説」の始まりと見られることが多いようですが, しかし, 正しくは「近代社会」そのものの始まりを告げた作品と見るべきではないでしょうか?

　それは, 大革命で可能になった「階級移動」という「夢」により肥大化を始めた自我が, 自己実現を求めて空しくもがいたあげく, 自滅の道を歩むというストーリーを最初につくり上げた作品だからです。

　まず, この小説がエンマの物語としてではなく, シャルルの物語として始まっていることに注目してください。シャルルの母親(最初のボヴァリー夫人)はボヴァリー氏のイケメンぶりに惚れ込んで結婚し, 「階級移動」の夢をはぐくみますが, 結婚には失敗したと気づくと, その夢の実現を今度は息子に託します。これこそが「近代社会」の本質です。というのも, 近代以前の社会においては, "農民の子どもは農民"と決まっていて, 階級移動は起こらないというのが前提だったのに対し, フランス革命後は, 社会の全員が「より上の階級」を目指す権利を有するということになったからです。フランス共和国の標語「自由, 平等, 友愛」の「自由」とは, この「階級移動」の「自由」の意味です。

3人の"ボヴァリー夫人"が目指した「階級移動の夢」

　しかし, 当然ですが, 「より上の階級」に移行するための手

段は限られています。「初代」ボヴァリー夫人は,本当なら息子のシャルルを博士号をもつ立派な医者にしたかったのでしょうが,学資が少ないので,修業年限3年で済む免許医に進路を変更させます。実は,こうしたことは小説では省略されているのですが,そこを読み取らないと小説の本当の面白さは見えてきません(これについては拙著『職業別 パリ風俗』の「医者」の項目参照)。

次いで,45歳の「2代目」ボヴァリー夫人(デュビュック夫人)の持参金がシャルルに開業医への道を開き,「階級移動の夢」を半ば実現させますが,この2代目ボヴァリー夫人は公証人が財産を持ち逃げしたショックで急死し,「階級移動の夢」の最終的実現は,「3代目」ボヴァリー夫人,すなわちエンマの手に委ねられることになるのです。

このように「ボヴァリー夫人」というのはかならずしもエンマのことを意味せず,3人の「ボヴァリー夫人」を指すと考えるミシェル・ビュトールのような批評家もいますが,その3人が目指す方向というのがまさに「階級移動の夢」ということになるのです。

実際,フロベールの描写を注意して読むとわかるのですが,エンマがシャルルを心底情けないと思い,深い幻滅を味わうのは,シャルルの容姿の凡庸さとか教養のなさとか,感受性の鈍さとかよりも,シャルルに野心=「階級移動の夢」が決定的に欠けていることなのです。

「エンマは自分の苗字となったこのボヴァリーという姓が有名になってほしいと思った。ボヴァリーという名が書店のショーウィンドーを麗々しく飾り,新聞で繰り返され,フランス国内の隅々にまで知れわたるようになってもらいたかっ

たのだ。それなのに、このシャルルという男には野心のかけらもない!」

シャルルがイヴトーの医者と立会診察をして馬鹿にされた話をすると、エンマは口をきわめてその医者を罵りますが、シャルルが同情してくれたと思ってエンマを抱き締めると、エンマは怒り狂います。

「夫を平手打ちにしてやりたかった。廊下へととび出すと窓を開き、冷たい空気を胸いっぱいに吸い込んで気を静めようとした。『なんて情けない男! 情けない男!』彼女は唇をかむと小声でつぶやいた」

こうした夫の野心の欠如へのエンマの怒りは全編を貫いていますが、現代の読者なら、きっと「そんなに夫のことを情けなく思うなら、自分で野心を実現すればいいじゃないの!」と言うことでしょう。
そうなのです、できることなら、エンマは自分の力で自己実現したかったにちがいありません。でも、この時代の女性にとって、それは夢のまた夢でしかありませんでした。

エンマが出た"自己実現"のための行動とは

ではいったい、エンマは「かなうことのない自己実現」という厳しい現実を前にして、どのような代替行動に出たのでしょうか?
オプションのひとつは不倫です。
エンマはロドルフやレオンとの不倫に走りますが、これは不倫のように見えて、そのじつ、ロドルフやレオンという男を使っ

た自己実現の変形にすぎなかったのです。そのため,軽い浮気だと思っていた男たちは,エンマが自分たちに託す野心の大きさに怖じけづき,逃げ出してしまいます。

残されたもうひとつのオプションは浪費です。

エンマは出入り商人のルールーにそそのかされて激しい浪費に走りますが,浪費も,瞬間的に「階級移動」を実現し,自分がヴェルサイユ宮殿のマリ・アントワネットになったような気持ちにさせてくれる別種の自己実現にほかなりません。現代の女性読者なら,この事実に深く納得されることでしょう。

しかしながら,不倫と浪費という歪(ゆが)んだかたちの自己実現の夢はいずれ破綻の日を迎えることになります。夢はいつかは覚めなければならないからです。

とはいえ,そんなエンマにも最後の意地が残っていました。

出入り商人ルールーに手形の決済を迫られて万策尽きたエンマは,夫にすべてを打ち明ける代わりに断固として死を選びます。エンマの自尊心が「情けない男」である夫に許しを乞うという選択肢を許さなかったからです。

シャルルは凡庸さゆえに3人の「ボヴァリー夫人」から託された「階級移動」という夢を実現することはできませんでした。一方,意思的な女性であるエンマは,情けない夫に代わって,彼女なりの自己実現に挑んだのですが,時代の制約ゆえに挫折を余儀なくされることになったのです。

フロベールは「ボヴァリー夫人,それは私だ」とつぶやいたと伝えられますが,この言葉は『ボヴァリー夫人』を読んだ多くの女性読者が口にした言葉ではないでしょうか?

現在の視点

"永遠に更新される価値"という視点

『ボヴァリー夫人』の凄さは,その時代,時代によって新しい解釈を生み出していくところです。現代の消費社会がどこに向かっていくかはわかりませんが,少なくとも,現在の時点までなら,すべての社会変化は『ボヴァリー夫人』の中に予言されていると言っても決して言い過ぎではないのです。

永遠に更新される価値を秘めた小説,これこそが古典の本質なのです。

翻訳書ガイド

いま手に入る『ボヴァリー夫人』
- 新潮文庫,芳川泰久訳
- 河出文庫,山口齋訳
- 岩波文庫,伊吹武彦訳
- Kindle版,生島遼一訳

おさえておきたいフレーズ

Nous étions à l'étude, quand le proviseur entra, suivi d'un nouveau habillé en bourgeois et d'un garçon de classe qui portait un grand pupitre.

La conversation de Charles était plate comme un trottoir de rue, et les idées de tout le monde y défilaient, dans leur costume ordinaire sans exciter d'émotion, de rire ou de rêverie.

Comme au retour de la Vaubyessard, quand les quadrilles tourbillonnaient dans sa tête, elle avait une mélancolie morne, un désespoir engourdi. Léon réapparaissait plus grand, plus beau, plus suave, plus vague ; ...

ぼくたちが自習教室にいると、校長先生が、平服を着た"新入り"と、大きな机を持った用務員を従えて入ってきた。

> 冒頭、シャルルがルーアンの高等中学に編入される場面。物語の語り手が「Nous」であることに注目。

　シャルルの会話は歩道のように平板だった。だれもが口にしそうな考えが普段着のまま行進してゆくだけだから、感動も笑いも夢想もあったものではない。

> 新婚早々、シャルルが思い描いていたような夫ではないことにエンマは気づく。

　ヴォヴィエサールの舞踏会からの帰り道に頭の中でカドリーユが渦を巻いていたときのように、彼女はどんよりとした哀愁を、痺(しび)れるような絶望感を感じていた。レオンのイメージがより大きく、より美しく、より甘美に、より朧(おぼろ)げになって浮かんできた。

> レオンがパリに旅立つことを知らされた翌日、エンマが悲しげにレオンのことを思い出している場面。

『ボヴァリー夫人』

"Les Misérables"

『レ・ミゼラブル』

1862年

Victor Hugo

ヴィクトル・ユゴー

1802-85。『オードと雑詠集』の詩人としてデビューし、戯曲『クロムウェル』の序文「ロマン主義の宣言」でロマン主義運動の中心となる。ロマン的長編歴史小説『ノートルダム・ド・パリ』によって小説家として成功するが、ナポレオン三世によって長期の亡命を余儀なくされる。その間に本作を書き上げることになる。ナポレオン三世の失脚後、帰国し、英雄として迎えられ、活発な活動を続けた。

Victor Hugo

ヴィクトル・ユゴー

| あらすじ | パンひとつを盗んだために19年間も徒刑場につながれた元枝切り職人ジャン・ヴァルジャンは社会に強い

憎しみを抱いて出獄したが, ディーニュの司教ミリエル神父と出会い, 窃盗を許されたばかりか銀の燭台まで与えられたことで改心。数年後, マドレーヌと名前を変えて港町モントルイユ=シュル=メールで黒玉製造の工場を起こして成功, 人道的な経営で市民から慕われて, 市長となる。

ジャン・ヴァルジャンの工場で働いていたのがファンチーヌというこの町出身の娘。彼女はパリで恋人の大学生に捨てられ, 幼いコゼットを抱いて帰郷の途中, モンフェルメーユで居酒屋を営むテナルディエ夫妻と知り合い, 娘を里子に出すが, シングル・マザーであることが工場の上役に知られてクビになり, 娘への仕送りのため娼婦に身を落とす。

ファンチーヌが起こした傷害事件で彼女の転落に責任があることを知ったマドレーヌ氏(ジャン・ヴァルジャン)は病に伏せるファンチーヌにコゼットの引き取りを約束する。ところが, 彼の前歴を疑う刑事ジャヴェールから, シャン・マチューという男がジャン・ヴァルジャンの身代わりとして裁判にかけられようとしていると教えられ, 葛藤の末, 裁判所に出頭。ファンチーヌを看取ったあとに逮捕される。

数か月後, 脱獄したジャン・ヴァルジャンは, 母を失い, 孤児となったコゼットをテナルディエ夫妻のもとから救いだす。

"Les Misérables"
『レ・ミゼラブル』／ヴィクトル・ユゴー 作

ジャヴェールの追求を逃れてパリの修道院に逃げ込み，身を隠すが，王政復古の終わり頃，コゼットと2人で世俗の生活に戻る。コゼットは美しい娘に成長していた。

　そんなコゼットに恋したのがマリユスという青年。しかし，ジャヴェールの影に脅えるジャン・ヴァルジャンは，コゼットに接近するマリユスを追っ手と誤解し，コゼットとともに行方をくらます。絶望したマリユスは自暴自棄となってABCの友という学生秘密結社が企てた武装蜂起に加わり，バリケードの中へ入ってゆく……。

講義

『レ・ミゼラブル』の表題の意味

ミュージカル化がきっかけとなり,広く人口に膾炙(かいしゃ)するようになった『レ・ミゼラブル』は,いとも容易に脱獄を繰り返す怪力無双のヒーロー(ジャン・ヴァルジャン),どこまでも犯人を追いかける執念の刑事(ジャヴェール),苛酷な運命に翻弄されて娼婦に身を落とす不幸な女(ファンチーヌ),親を失って虐待されるいたいけない少女(コゼット),社会の底辺に生きる小悪党(テナルディエ夫妻),劣悪な環境にめげずに1人でたくましく生きるストリート・チルドレン(ガヴロッシュ)など,いわゆる「キャラ立ち」した主人公たちが重層的に活躍するエンターテインメント小説として読むことができますが,それと同時に資本主義の発達で生じた社会問題を最初にとりあげた社会派小説としての側面ももっています。

その証拠に,『レ・ミゼラブル』という表題は貧困や飢餓や無知といった社会悪によって底辺に沈んだ「惨めな人々」を意味します。ユゴーは序文に寄せたように「貧困による男の堕落,飢えによる女の墜落,暗黒による子どもの衰弱という,今世紀の3つの問題が解決されない限り」,惨めな人々は消滅しないだろうと考えていたのです。

しかし,『レ・ミゼラブル』がたんに社会の弊害を告発するだけの社会派小説に終わっていたら,現代まで脈々と読み継がれることもなかったし,またミュージカルや映画となって多くの人に涙を流させることもなかったでしょう。

人々を感動させる理由 〜人類永遠の課題〜

では、貧困や飢餓や無知がすでに克服されたと信じられている日本の社会でも、いまなおこの作品が人々を深く感動させるのはどうしてでしょう？

それは社会の害悪を除くには、法と正義によるべきかそれとも慈愛と自己犠牲によるべきかという人類永遠の課題が見事に物語となっているからです。

ユゴーは、社会悪に罰を以て応える報復刑罰主義では憎しみの連鎖がつくりだされるだけと考え、どこかでだれかがこの悪の連鎖を断ち切って、愛の連鎖に変えなければならないと結論しました。もちろん、前者がジャヴェールによって、後者がジャン・ヴァルジャンによって象徴されています。

しかし、愛というものは、困ったことに、リレーのタスキと同じで、受け取った分しか人にあげられないのを本質とします。となると、だれかが最初にその愛を無償で、つまり見返りを期待しない自己犠牲によって与えなければならないことになります。

前近代社会では、その役割は神＝イエス、およびその代理人としての聖職者が果たしていましたが、非宗教化した近代社会においては、それは、聖職者に代わる「だれか」によって成し遂げられなければなりません。

この意味で、ジャン・ヴァルジャンがミリエル司教の慈愛によって改悛したあと、実業家マドレーヌ氏として更生したというストーリーは思いのほか重要です。ユゴーはおそらく、世俗化した社会では、「愛のリレー」はミリエル司教のようなキリスト者によって始められるとしても、そのタスキを受け継いでゆくには、ジャン・ヴァルジャンのような、己の良心を神と考える

実践的な社会事業家の存在が不可欠であると考えたにちがいありません。ひとことでいえば、ユゴーは近代社会にイエスが出現するとしたら、それはどのような人物となるべきかを熟考した末に、ジャン・ヴァルジャンを創造したのです。

『レ・ミゼラブル』の文学的立ち位置

　ところで、私たちは、前もってストーリーを知らなくとも『レ・ミゼラブル』のミュージカルや映画を見て熱い涙を流すことができます。もちろん、原作を読んでいれば、感動は倍になるでしょうが、かならずしも、それは必要条件ではありません。また、ワーテルローの戦いや下水道などについての長々しい脱線を省いた抄訳やリライトで読んでもある程度、本質を摑むことも可能です。これは、思うに『レ・ミゼラブル』が「開かれた構造」をもった作品だからではないでしょうか？

　では、「開かれた構造」というのは、いったいどのようなものでしょう。

　それは、『レ・ミゼラブル』と対照的な位置にある作品、たとえばフロベールの『ボヴァリー夫人』のような小説を思い浮かべるとわかりやすいかもしれません。『ボヴァリー夫人』を正しく理解するには、抄訳やリライトでは不可能です。映画化さえ難しく、ミュージカルに仕立てるなどもってのほかです。つまり、『ボヴァリー夫人』は、一字一句ゆるがせにせずに全巻読み通さなければ理解できない「閉じられた構造」の小説なのです。

　これまで、文学史などで優れた作品として扱われているのは、みな、この「閉じられた構造」の小説ばかりでした。

　しかし、考えてみればわかるように、『旧約聖書』や『オデッセイア』あるいは『平家物語』や『アーサー王伝説』といった古

代神話や中世叙事詩は,最初から最後まで全部,読み通した人が少なくても,文学的な傑作であると確信できます。つまり,近代的な「閉じられた構造」を基準にしては図り得ない文学の系譜というものが存在しているのです。

このように,『レ・ミゼラブル』を評価するに当たっては,『ボヴァリー夫人』を評価する場合とはまったく違う観点,つまり古代神話や中世叙事詩を評価するのと似た基準でこれを測る必要があるということなのです。

そう,『レ・ミゼラブル』は近代的な小説というよりも,「近代の神話」「近代の叙事詩」といえるのです。

そして,まさにそれゆえに,時代が更新されるたびに新しい命を吹き込まれて,フェニックスのように蘇(よみがえ)ってくるのです。

現在の視点

『レ・ミゼラブル』今後の研究課題

長いあいだ,大衆的な評価とは裏腹に,『レ・ミゼラブル』は文学的な研究対象とはなり得ない前近代的な作品と見なされ,草稿研究などもなおざりにされてきました。しかし,近年,社会史,人口統計学,アナール学派的な新しい歴史学,比較神話学などの新機軸の観点が文学研究に導入されたことで,ようやく真剣な研究対象となってきています。『旧約聖書』や『オデッセイア』を通して古代社会の本質を摑む文献学的方法にならって,『レ・ミゼラブル』をひとつの時代の兆候として読むような観点があってもいいのではないでしょうか? 30年ほど前に著した拙著『「レ・ミゼラブル」百六景』はこうした問題意識から生まれたささやかな試みですが,ミュージカル

の大ヒットを契機として,新しい世代による新しい読みが期待されるところです。

翻訳書ガイド

いま手に入る『レ・ミゼラブル』
・角川文庫,永山篤一訳
・岩波文庫,豊島与志雄訳
・新潮文庫,佐藤朔訳
・ちくま文庫,西永良成訳
・福音館古典童話シリーズ,清水正和編訳

おさえておきたいフレーズ

C'était une chose navrante de voir, l'hiver, ce pauvre enfant, qui n'avait pas encore six ans, grelottant sous de vieilles loques de toile trouées, balayer la rue avant le jour avec un énorme balai dans ses petites mains rouges et une larme dans ses grands yeux.

冬,まだ6歳にもならないこの哀れな子が,穴のあいたボロ服で震えながら,赤くなった小さな手に大きな箒(ほうき)を抱えて,大きな目に涙をためて掃除をしているのを見るのはなんとも痛ましいことだった。

> 　ミュージカル映画のポスターに使われたエミール・バヤール画の「大きな箒をもつコゼット」が挿絵として添えられているテクスト。
> 　ファンチーヌは未婚の母となり,2歳のコゼットを居酒屋経営のテナルディエ夫妻に託すが,夫妻は支度金を浪費すると,口実をもうけて養育費を無心するようになる。マドレーヌ氏(ジャン・ヴァルジャン)の工場をクビになったファンチーヌは娼婦に身を落としながらも言われた金を送りつづけたが,やがて,送金が途絶えるとコゼットは5歳で居酒屋の女中にされてしまった。村人はコゼットが村で一番早く起きるので「ひばり」というあだ名をつけた。だが,この「ひばり」は決して歌わなかった。

第3章

世紀末文学

"L'ENFANT"

『子ども』

1879年

Jules Vallès

ジュール・ヴァレス

1832-85。二月革命に刺激され、17歳でパリに出る。文学や政治に関心をもち、新聞に寄稿しながら貧困生活を送る。パリ・コミューンに熱狂し、コミューン敗北後、ベルギーからロンドンに亡命する。ここで自伝小説『ジャック・ヴァントラス』を書き始め、本作と『バシュリエ』『叛徒』の三部作として完成させる。

Jules Vallès

ジュール・ヴァレス

| あらすじ | 一人称の語り手の「ぼく」は「小さかったころに愛撫してもらった記憶はまったくない」と語り始める。「いつも、ぶたれるだけだった」

子どもを甘やかしてはいけないをモットーにする母親は、習慣のように毎朝、「ぼく」のお尻を鞭で打つ。その音があまりに規則的だったので、階下のバンドローおばさんは鞭打ちの音を時計代わりにしていたが、あるとき、階段でお尻を冷やしている「ぼく」を見て哀れを催し、自分が代わりに鞭打ちをしてやろうと母親に申し出る。おばさんが手を叩くと同時に「ぼく」が悲鳴をあげるようにしてくれたのだ。

両親はともに農民の出身だが、父親は成績優秀だったので、いまは高等中学(コレージュ)の自習監督をしながら、大学教授資格(アグレガシオン)の準備をしている。暮らしは決して楽ではないが、外面的な見栄だけは張らなければならない。そのしわ寄せは子どもである「ぼく」に来る。

「ぼく」は放課後、自習室に居残り、上級生たちの横に座って、彼らが父への侮辱を口にするのを聞いていなければならない。夕食の時間になってもバンドローおばさんが迎えに来てくれないので、お腹が減ってしかたがない。じつは、吝嗇な母親が「ぼく」の夕食代を一食分浮かせるために、迎えの時間をわざと遅らせ、父親には学校の食堂から密かにカツレツを持ち出してくるよう命じていたのだが、自尊心の強い父親はあ

『子ども』 119

"L'ENFANT"
『子ども』／ジュール・ヴァレス 作

えて「ぼく」を飢えさせたままにしておいたのだった。

母の吝嗇は衣服にも発揮された。学年末の賞品授与式への出席が決まった「ぼく」に晴れ着を新調してやろうと,母親は古着を改造してオリーヴ色のボタンがついたフロックコートをつくり,シルクハットをかぶせ,白いズボンをはかせた。この珍妙な服装で式に出席した「ぼく」はみなの顰蹙(ひんしゅく)を買い,会場からつまみ出されたあげく,別の生徒の古着に着替えさせられてしまう。

唯一楽しかった思い出はヴァカンスで農民や職人をしている親戚の家に行ったときのことで,野良仕事や家畜との暮らしを満喫する。両親と違って農民や職人たちはみんな親切で,子どもに愛情深く接する。「ぼく」は心の底から牛飼いや農民になりたいと思う。父や母よりもはるかに幸せそうだ。だが,そんなことを父や母に話すことは絶対にできない。息子が下層階級に転落することをなによりも恐れているからだ。

母親の頑固で,優しくない性格は,父を不倫に走らせ,家庭の不和を生む。噂は学校にも伝わったらしく,校長から叱責を受けた父は怒りを息子に向ける。

こうして,苦しみの「子ども時代」は果てしなく続いていくのだった……。

講義

"階級移動"に支配された親子の日常

　ジュール・ヴァレスの自伝的三部作『ジャック・ヴァントラス』の第一部『子ども』は近代社会が教育を介して前近代社会からテイク・オフするときの「産みの苦しみ」を今日に伝える貴重な証言です。

　冒頭に掲げられた有名な献辞「学校で死ぬほどにいやな目にあったり、家で泣かされたすべての人たちに、また、子どものころ教師からイジメを受けたり、親に殴られた経験のあるすべての人たちに、私はこの本を捧げる」は、少し前まで、多くのフランス人が我がことのように受け止めていた言葉です。その事実はヴァレスの体験が社会的な広がりをもった共同体験だったことを示しています。

　母親は自分が定めた規律から「ぼく」が少しでも逸脱することを許さず、そのたびに激しい折檻を加えますが、それはみんな子どものためだと信じています。なぜでしょう？ 農民の出身である自分たちが子どもの教育を怠り、規律という近代社会のルールを教え込むことに失敗するなら、子どもは、自分たちがそこから這いあがってきた階級に舞い戻ってしまうと恐れているからです。ようするに、「ぼく」の両親は、子どもに規律を身につけさせて親よりも上の階級に進ませなければならないという「階級移動のイデオロギー」に支配されていた人たちなのです。

　子どもの「ぼく」もまたそのイデオロギーに洗脳されています。

「母は姿を見せると、かならずぼくの耳をひっぱったり、ぼくをひっぱたくが、それはぼくのためを思ってのことなのだ。同じように、母がぼくの髪の毛を引っこ抜いたり、ビンタをくらわせるが、そうしてくれればくれるほど、ぼくは良い母だと信じ、自分は恩知らずのダメな子どもだと確信するに至るのだった」

しかし、いくら信じようとしても恐怖と痛みは克服できません。それに、ほかの家庭を観察すると、自分の母親が良い母親だとは思えなくなってくるのです。

「ぼく」にとってもうひとつの苦しみは学校です。というのも、父は高等中学の教師をしているのですが、その教師というのも資格によってピラミッド構造になっていて、教授資格試験に合格しなければいつまでたっても給与も身分も低い自習監督や復習教師（自習時間に生徒を監視したり、低学年の授業を受けもつ）に甘んじなければなりません。この自習監督・復習教師というのは教員というよりも、監獄の看守に等しいもので、生徒からは憎悪され、教授からは蔑まれるという惨めな存在です。「ぼく」の父はまさにその自習監督・復習教師なので、「ぼく」は生徒たちからは父への嘲笑の言葉を聞かされ、上級教員や用務員からは父の息子であるという理由でイジメを受けます。しかし、「ぼく」は黙って耐えます。

「ぼくがイジメを受けたからといって、父にとばっちりが降りかかってほしくはなかった。ぼくが原因で父が争いに巻き込まれることのないように、イジメを受けてもぼくは父には話さなかった」

このように規律を生徒にたたき込むことを第一とする牢獄のような高等中学という制度は「ぼく」にとって苦痛の種でしたが、そこで教えられるギリシャ語、ラテン語、修辞学といった実用性をまったく欠いた学問もまた「ぼく」の絶望を深めます。というのも、ヴァカンスのあいだに農夫や職人の自由な生活に触れた「ぼく」には、ギリシャ語やラテン語で良い成績を取るために汲々としている学校生活はまったく無意味なものに思えてくるからです。

「ギリシャ語の動詞を暗唱する代わりに、雲の行き来やハエの飛翔を眺めていたりすると、頭を殴られ、肋骨をへし折られるかもしれないが、それに文句をいうことはできない。(中略)両親はぼくに教育を与えてくれたが、ぼくは教育なんかほしくはない！ 教授資格者たちといっしょにいるよりも、農民や靴直し職人といるほうがずっと楽しい」

　ぼくは、船乗りに憧れて脱走を試みますが、いっしょに脱走するはずだった友達の口から計画が漏れて失敗します。

「ぼくは捕まってしまった。そして、家に連れ戻された。母にさんざんに殴られた。天国のあらゆる聖人にかけて脱走など二度としませんと誓うまで母は殴る手を休めなかった」

子どもに"欲望の抑制"を強いる理由

　ではいったい、自然と遊ぶことの大好きな元気な少年がなにゆえに暴力的に家庭と学校という牢獄に閉じ込められなければならないのでしょうか？

『子ども』

それは,禁欲と節制がすべてを救うという近代的なエートス(集団的な無意識の倫理)が上層中産階級から徐々に下の階層に降りてきたためではないかと思われます。つまり,自分の欲望を抑え,子どもにも欲望の抑制を学ばせることこそが人生に勝利する最短距離なのだという確信が,無意識のうちに国民を縛りつけるようになっていたのです。

　父の転勤でサン・テティエンヌからナントに引っ越しをするとき,一家は乗合馬車の中継地であるオルレアンで1泊することになりましたが,その道中で,母親は父親から空腹かどうか尋ねられ,「どうしてお腹がすいていなけりゃいけないの」と答えてしまったために,宿に着いても意地を押し通します。

　「母のお腹もグーグーという合奏にくわわっている。――でも,ぼくの母は決して屈服などしない。―― 母は不屈の女なのだ。ああ,ぼくは心から尊敬せざるを得ない。なんという意志の力だろう!」

母の抑制された"愛情"

　しかし,それにしても母はそれほどの意志の力を発揮して何を抑制しようとしたのでしょうか? それは子どもと夫への愛情の表出です。この母親にとって,むやみに愛情をあらわにしてしまうことは即,「負け」ということになってしまうからです。自分が脱出してきたばかりの階層の人間たちは愛情をあらわにすることが愛情の表現だと思っている(当たり前だ!)ので,なんとしても,彼らと同じことはしたくないのです。

　おそらく,禁欲と節制のエートスが支配的だったのは,歴史のある時期(20世紀半ば)までで,それを過ぎると,家庭でも学校でも個人の自我を抑圧すること自体が「悪」であるという

考え方に変わっていくことになります。フランスは実存主義や構造主義などさまざまな哲学を通して,こうした「個の解放」をいち早く成し遂げることになるのですが,しかし,その前史には『子ども』に描かれたような悲惨な状況があったことを忘れてはならないのです。

現在の視点

小説＝歴史的な資料となる『子ども』の親子関係

長い間,小説というのは歴史学にとって禁断の領域でした。そこに描かれていることはフィクション,つまり作り事なのだから,歴史学の資料とすることはできないという考え方です。しかし,アナール学派の登場以来,重要なのは,個々の出来事ではなく,長期的に人間の心に起こる変化であるというように,歴史の考え方が変わってきました。その結果,小説も大切な資料と見なされるようになりましたが,ヴァレスの『子ども』は,この意味で,親子関係という,永遠に変わらないように見えながら,そのじつ,時代とともに変わっていく心性の歴史の貴重な資料となっているのです。

翻訳書ガイド

いま手に入る『子ども』
・岩波文庫,朝比奈弘治訳

その他,『パリ・コミューン』のタイトルで「子ども」と「叛徒」(ともに谷長茂訳)が中央公論社の「世界の文学」25巻に収録されている。

おさえておきたいフレーズ

Je me souviens pourtant d'une fois où il s'échappa du réfectoire, pour venir me porter une petite côtelette panée qu'il tira d'un cahier de thèmes où il l'avait cachée : il avait l'air si troublé et repartit si ému ! Je vois encore la place, je me rappelle la couleur du cahier, et j'ai pardonné bien des torts plus tard à mon père, en souvenir de cette côtelette chipée pour son fils, un soir, au lycée du Puy...

J'aimais les poireaux. On me les arrachait de la bouche, comme on arrache un pistolet des mains d'un criminel, ...
« Pourquoi ne pourrais-je pas en manger ? demandai-je en pleurant. — Parce que tu les aimes », répondait cette femme pleine de bon sens, et qui ne voulait pas que son fils eût de passions.
Tu mangeras de l'oignon, parce qu'il te fait mal, tu ne mangeras pas de poireaux, parce que tu les adores.

とはいえ、よく覚えているのだが、一度だけ、父が食堂を抜け出して、小さなロース肉のカツレツを運んできてくれたことがあった。父は作文のノートに隠してあったカツレツを取り出したが、ひどく動揺している様子で、あわてて自習室から出ていってしまった。いまでもあの場所のことがまざまざと目に浮かび、ノートの色まで覚えている。そして、ぼくは、ル・ピュイの高等中学で父が、ある晩、息子のためにあのカツレツを盗んできてくれたことを思い出し、後に父によって犯されることになる多くの過ちを許してやる気持ちになったのだ。

> 父が自尊心を捨て、母から命じられた通りに、自習室で待つ空腹の「ぼく」のところに、食堂から盗み出したカツレツを運んできてくれたときの思い出。

ぼくはネギが好きだった。すると、母はまるで犯罪者の手からピストルを奪うように、ぼくの口からそれを奪いとった。(中略)

「なんでネギを食べちゃいけないの?」ぼくは泣きながら尋ねた。「それはおまえがネギが好きだからだよ」と、息子に大好きなものが出来ることを欲しない理性の塊である女は答えた。

お前はタマネギを食べなければいけないんだよ。食べると気持ち悪くなるからね。でもネギを食べさせるわけにはいかない。大好きだからね。

> 「ぼく」の母の教育方針を雄弁に物語る偏食退治法。

"Au Bonheur des Dames"

『ボヌール・デ・ダム百貨店』

1883年

Émile Zola

エミール・ゾラ

1840-1902。父はイタリア人技師。アシェット書店や新聞社で働きながら作家を目指す。当初のロマン主義的な作風から、自然科学の手法を取り入れた写実主義文学に転じ、『テレーズ・ラカン』を執筆。自然主義小説の理念を確立し、超大作『ルーゴン=マッカール叢書』全20巻を構想、その第7巻として出した『居酒屋』によって大成功を収めた。ドレフュス事件でスパイ容疑をかけられたドレフュスを弁護したことでも知られている。

Émile Zola

エミール・ゾラ

| あらすじ

　　両親を亡くした20歳の娘・ドゥニーズは弟2人を連れて夜行列車でサン・ラザール駅に到着する。パリでラシャ商を営む叔父のボデュを頼ってノルマンディーから出てきたのだ。

　ミショディエール通りにある叔父の店を探しているうち彼らはガイヨン広場に迷い込むが、そこで朝日を浴びて光り輝いているマガサン・ド・ヌヴォテ（婦人物流行品店）「ボヌール・デ・ダム（女性の幸福）百貨店」のショーウインドーに深い感動を味わう。故郷の町ではこれほど立派な店は見たことがなかったからだ。

　一方、叔父ボデュが営む店は近くにあったが、暗く陰気で昔ながらの商売が営まれていた。店員だったボデュは家付き娘と結婚して店を受け継ぎ、いずれは一人娘を筆頭店員と結婚させて跡を継がせたいと思っているが、「ボヌール・デ・ダム百貨店」の隆盛で客を奪われ、売り上げは下降線を辿っていた。周囲の商店はどこも同じで、「ボヌール・デ・ダム百貨店」に太刀打ちできず次々と閉店に追い込まれていった。これに対し、「ボヌール・デ・ダム百貨店」の経営者オクターヴ・ムーレはボデュと同じような出自ながら、独特の才覚で時代の流れを読み取り、大胆な発想による薄利多売商法を駆使して、小売業界を変革しつつあった。

　ドゥニーズは叔父の店の寂れ方には心を痛めながらも、「ボ

"Au Bonheur des Dames"
『ボヌール・デ・ダム百貨店』／エミール・ゾラ 作

ヌール・デ・ダム百貨店」に魅惑され，入店を強く希望する。豊かな金髪を除くと目立たない顔立ちだったが，面接時にボデュの姪である点がムーレの目を引いたため，固定給なしの住み込み店員として入店することができた。先輩店員にイジメられたり，男たちに誘惑されたりするが，貞操堅固なドゥニーズは試練を乗り越えてキャリアを磨いていく。だが，そんな矢先，店に金の無心に来た弟ジャンに会っているところを監視員に見つけられ，解雇を言い渡されてしまう。しかたなく，傘店を営むブーラ老人所有の貸部屋に住み，小さい弟のペペを引き取って極貧生活に耐え，「ボヌール・デ・ダム百貨店」のライバル店に職を見つける。一方，ドゥニーズの頭の鋭さに感嘆していたムーレは「ボヌール・デ・ダム百貨店」への復帰を勧めるが，彼女が勤務するライバル店が値引き競争を挑んでくると容赦なくこれを押し潰す。ライバル店から「ボヌール・デ・ダム百貨店」に移ったドゥニーズは天賦の才を発揮して，出世の階段を駆け上がってゆくが，それとともにムーレの「関心」はいつしか「愛」に変わり，ついにドゥニーズに求愛するに至る。しかし，弟たちのために自己を犠牲にする決心を固めていたドゥニーズはムーレの求愛を撥ね付ける。すると，女性から拒まれたことのないムーレは逆上し，独身主義をかなぐり捨ててついにドゥニーズに結婚を申し込むが……。

講義

ドゥニーズがときめいた巨大デパート「ボヌール・デ・ダム百貨店」

　デパート勃興期のパリを舞台にしたエミール・ゾラの小説は、今日のすべての商業形態に通じる薄利多売方式が誕生した経緯を教えてくれる貴重なドキュメントです。ゾラは、田舎から出てきたドゥニーズの目を介して、巨大デパートが当時の人にどのような驚異として映ったかを巧みに描いています。

　まず、慣れないパリで道に迷ったドゥニーズはガイヨン広場に出ますが、そこで朝日を浴びて光り輝く「ボヌール・デ・ダム百貨店」のショーウインドーを見て言葉を失います。「胸がときめいて感動と好奇心でいっぱいになり、ほかのことは全部忘れてしまった」。正面入口の前に置かれた陳列台にはお買い得商品が山と積まれてあふれています。「それは途方もない商品の氾濫であり、店が炸裂して、通りに商品を吐き出しているかのようだった」

「ボヌール・デ・ダム百貨店」の販売戦略とは

　今日の私たちの目から見ると、当たり前の光景のように見えますが、ドゥニーズは心底、こうした陳列方法に驚き、興奮したのです。なぜでしょうか？

　この疑問は、ドゥニーズが「ボヌール・デ・ダム百貨店」の斜め前にある叔父ボデュの店に足を踏み入れたときの印象から説明できます。緑色の看板は雨に打たれて色あせ、ショーウインドーは真っ暗で埃(ほこり)だらけ。店内の天井は低く、牢屋のよう

に低い中二階が重くのしかかり、穴蔵のように陰気だったのです。また、そこで営まれている商売は旧態依然とし、客は商品を自由に選ぶこともできず、店に入ったら最後、何か買わずに出ることは許されません。おまけに定価のない商品を前に店員と値段の交渉をしなければなりません。

つまり、ボデュのラシャ店が売り手優位の前近代的な商業形態であるのに対し、オクターヴ・ムーレが経営する「ボヌール・デ・ダム百貨店」は「お客様は神様です」という観点に立って、安くて良い品を大量に販売する薄利多売方式の近代的商店の先駆けだったのです。そして、そのためには、なんでもいいから客の足を店に運ばせなければならないという方針で豪華なショーウインドーを設け、あらゆる媒体を使って宣伝を繰り広げたのです。小説の中でムーレは、損をしてでも目玉商品を売るべきだと主張して、次のように言います。

「たしかにこの商品では何サンチームか損するかもしれない。しかし、そのあとはどうなると思う？（中略）大切なのは女たちの欲望に火をつけることなんだ。そのためには、画期的な目玉商品が必要なのだ」

ムーレの販売コンセプトの核心はここにあります。女たちの欲望を喚起するためならどんなこともすべきだというのです。そのため、ムーレは「ボヌール・デ・ダム百貨店」をカテドラル（大聖堂）のような壮麗な店にすべく、愛人のパトロンである大銀行家のアルトマン男爵に取り入り、開通予定の大通りに面した区画を手に入れることに成功します。しかし、そのとき、男爵は女たちの欲望に火をつけるのはいいが、そんなことをすると女たちに復讐されるだろうと予言します。

この予言は思いもかけないかたちで実現することになります。というのも、旧知のボデュの姪であるという理由だけで「ボヌール・デ・ダム百貨店」の女店員として雇い入れたドゥニーズの隠れた魅力にムーレはどんどんひかれてゆくからです。

ドゥニーズの仕事熱と独身主義のムーレの恋

では、ドゥニーズのどこに、前妻を亡くして以来、独身主義を貫いているムーレを夢中にさせるほどの魅力があったのでしょうか？

語り手は冒頭から、ドゥニーズを「20歳にしては貧弱で、貧相」と形容していますが、決して"不美人"だとは言っていません。ただ、化粧っ気もなく、古い喪服に身を包んだ地味な娘と形容しています。男の目を引くようなところの少しもない娘なのです。

ところが、そんな超地味な外観にもかかわらず、ドゥニーズは天才肌の商人ムーレが創造した作品である「ボヌール・デ・ダム百貨店」のアヴァンギャルド性に敏感に反応し、商業の未来は、叔父の店やほかの古臭い衣料品店を軒並み「シャッター商店」に追いやるであろうこの新形態の店にあることを正しく見抜きます。

「『ボヌール・デ・ダム百貨店』の中に入ってみたいという欲望の中には漠然とした恐怖も交じっていたが、そのためにかえって魅惑されていた。反対に、叔父の店には居心地の悪さしか感じなかった。古臭い商店の凍てつくような穴蔵に対する理由なき侮蔑であり、本能的な嫌悪だった。（中略）目は必然的にボヌール・デ・ダム百貨店のほうへと向かった。それはさながら、ドゥニーズの中の店員魂が、この

大きな商売の熱気であたためられたがっているかのようだった」

　そうなのです。このゾラの小説が画期的なのは、男たちに負けない情熱で仕事に打ち込み、自分のアイディアを実現することを通して自己実現と社会変革を同時に成し遂げたいと望む若い女性を主人公にした点です。ドゥニーズは美人ではないかもしれませんが、うちに秘めた情熱が外にほとばしるとき、それを受け止める力のある男性にはたまらなく魅力的に映るのです。ムーレはまさにそうした希有(けう)な男でした。商業改革の同志をドゥニーズのうちに見いだし、そのことによって彼女の女性としての魅力に目覚めたのです。

「ドゥニーズは元気になり、さまざまな例を持ち出してデパート商法に通暁していることを見せつけたばかりか、広い視野をもった新しい考えに満ちあふれていることを示した。ムーレは大喜びで、驚愕しながら彼女の話を聞いていた。向き直り、濃くなっていく闇の中で彼女の顔立ちを見分けようとした」

　恋愛には「同志婚」というものもあり得るということを教えてくれる貴重な小説ではないでしょうか?

現在の視点

プレイボーイ・ムーレから垣間見る恋の本質

　『ボヌール・デ・ダム百貨店』はある意味、恋愛誘惑術のテク

ストとしても役立ちます。というのも、ありとあらゆる女性を誘惑し、陥落させたことのある自信家のプレイボーイであるムーレが貞操堅固なドゥニーズの拒絶に遭って戸惑い、そこから恋の深みにはまりこんでいく過程が巧みに描かれているからです。プレイボーイというのは思わぬ拒絶に遭うと、よりファイトがかきたてられるため、拒絶の原因を突き止めようとするのですが、最後は恋の苦しさから逃れようとして結婚まで申し込んでしまうものなのです。『ボヌール・デ・ダム百貨店』はご都合主義に見えながら、その実、恋の本質が垣間見られる恋愛小説なのです。

翻訳書ガイド

いま手に入る『ボヌール・デ・ダム百貨店』
・論創社, 伊藤桂子訳
・藤原書店, ゾラ・セレクション5, 吉田典子訳

おさえておきたいフレーズ

Mais, comme elle débouchait enfin sur la place Gaillon, la jeune fille s'arrêta net de surprise.
« Oh ! dit-elle, regarde un peu, Jean » ...
C'était, à l'encoignure de la rue de la Michodière et de la rue Neuve-Saint-Augustin, un magasin de nouveautés dont les étalages éclataient en notes vives, dans la douce et pâle journée d'octobre.

―― Ayez donc les femmes, dit-il tout bas au baron, en riant d'un rire hardi, vous vendrez le monde !
Maintenant, le baron comprenait. Quelques phrases avaient suffi, il devinait le reste, ...
―― Vous savez qu'elles se rattraperont.

だが、ガイヨン広場に出たとき、若い娘は驚きのあまりぴたりと足を止めた。「ねえ、見て見て、ジャン」(中略)それはミショディエール通りとヌーヴ=サン=トギュスタン通りの角にあるマガサン・ド・ヌヴォテだった。店のショーウインドーは10月の柔らかい薄日を浴びて鮮やかな色彩に輝いていた。

> ドゥニーズと弟たちが初めて「ボヌール・デ・ダム百貨店」を見て衝撃を受ける冒頭の場面。

　「女たちをしっかりと捕まえることです」とムーレは大胆な笑みを浮かべながら小声で男爵に言った。「そうしたら、全世界だって売りつけることができますよ」
　いまや、男爵は理解していた。たった数語で足りた。残りは察しがついたのである。(中略)「覚悟しておきなさい、いずれ女たちに復讐されますよ」

> パリ改造に合わせて店舗の大拡張を目論むムーレが銀行家の男爵に自分の計画を説明する場面。

『ボヌール・デ・ダム百貨店』

"A Rebours"

『さかしま』

1884年

J.K.Huysmans

J・K・ユイスマンス

1848-1907。先祖はオランダ系の細密画家。内務省に勤めるかたわら、ゾラに共鳴して『マルト』『ヴァタール姉妹』で小市民生活の醜悪さを描き出した。自然主義から脱して頽廃的、唯美的傾向を強めて本作を書き、さらに悪魔礼拝と黒ミサを『かなた』で取り上げた。晩年にはそこから逆説的に神を発見し、キリスト教に改宗した。役人としては精勤し、レジオン・ドヌール勲章を授けられている。

J・K・ユイスマンス

| あらすじ | デ・ゼサントは中世の帯剣貴族に溯(さかのぼ)る古い家系の末裔(まつえい)で,両親からほとんど愛情を注がれることなく |

ルールの城館で育った。17歳で両親を失い,成人に達すると同時に遺産を相続し,放蕩(ほうとう)生活にのめり込んだが,やがてすべての快楽に倦(あぐ)んでしまい,城館を売り払ってパリ近郊のフォントネー・オ・ローズの高台に一軒家を買うと,老いた召し使い夫妻をつれて引きこもりの生活を始めた。

デ・ゼサントが一軒家に施した改築は徹底した美意識に貫かれていた。とくに人工光で照らされた部屋の色彩にはこだわり抜き,居間はオレンジ色と濃紺に統一し,壁にはモロッコ革や喜望峰のヤギ革を張り巡らした。食堂は,汽船の船室を思わせるような内側の小部屋と外側の大部屋が水槽によって隔てられているという水族館のような構造で,居ながらにして船旅を楽しめる工夫がされていた。

デ・ゼサントの生活は文字通り「さかしま(逆さま)」で,夕方の5時に起きて軽い「朝食」をとり,夜の11時に「昼食」,朝の5時に簡単な「夕食」を済ませてから床につくという日常だった。自然を忌み嫌い,人工を限りなく愛したデ・ゼサントは機関車の鋼鉄の美しさに惚れ込み,これを最高の美女として賛美した。絨毯(じゅうたん)の上に生きたカメを置くことを思いつくと,パレ・ロワイヤルの食料品店シュヴェの店で見つけたカメの甲羅に黄金の鎧(よろい)を被せ,宝石でかたちづくった花冠を象眼させた。

『さかしま』 139

"A Rebours"
『さかしま』／J・K・ユイスマンス 作

　食堂の壁の戸棚には「口中オルガン」と称する酒樽の列が並んでいたが、デ・ゼサントはそこからさまざまな酒をグラスに注ぎ、これを楽器を奏でるようにアレンジして味覚の音楽を楽しむのだった。花も愛していたが、その花は「人工を模した自然の花」でなければならなかった。

　あるとき、気分転換にロンドンに旅することにしたが、悪天候の中、駅に向かう途中立ち寄った英国風酒場でイギリス人の客に囲まれてポルトを飲むうちにすっかりロンドンに旅したような気分になり、そのまま家に戻ってしまった。「見立て」の旅で十分だったのである。

　では、こんなふうに家から出ずにデ・ゼサントが何をしているかといえば、自分の洗練された趣味に合うような絵画や版画を選び出してはこれに惑溺したり、また熱愛する詩人や作家の作品を最高の装丁を施した特製本で読み耽ったりして時間をつぶしているのだった。ギュスターヴ・モローとオディロン・ルドン、ボードレールとマラルメだけがデ・ゼサントの厳しい批評をくぐりぬけて「選ばれた」画家と詩人であった。

　だが、こうした「さかしま」の生活を送っているうちに、さすがのデ・ゼサントも健康を害し、医者に相談したところ、ついに……。

講義

オタクの究極の姿〜「自然より人工」

ロマン主義に始まった19世紀フランスの文学・芸術は世紀末に至って爛熟(らんじゅく)の気配を示すようになりましたが、この「世紀末」の雰囲気を象徴するのが、J・K・ユイスマンスの風変わりな小説『さかしま』です。

フランドルの細密画家の家系に生まれたユイスマンスは、最初、その粘着質を生かしてスーパー・リアリズム系の自然主義作家としてデビューしましたが、1884年に発表された『さかしま』から作風を転換し、文学風潮を自然主義からデカダンスへ一気に切り替えるのに重要な役割を果たしました。

しかし、『さかしま』の今日的な意味は、こうした文学史的なことではありません。それは、オタク、引きこもりが男性的進化の究極の姿として現れたという事実を否応なく納得させてくれる点にあります。

まず、指摘できるのは、デ・ゼサントが若くして人間的なものへの興味を失い、モノへの耽溺を始めたことです。人間の女性よりも鋼鉄の機関車のもつ女性的な美しさに見とれたり、花々、とくに、人工的なラン科の花と女性の部位との類似にこころひかれたり、とにかく、「モノの美」にしか興味がもてなくなっていることです。「自然より人工」がデ・ゼサントの第一原則なのです。

デ・ゼサントがフォントネー・オ・ローズの一軒家に引きこもり、召し使い夫妻と出入りの商人や医者を除いて人と会おうとせず、昼夜逆転させた生活を送るのも、この「自然より人工」

の原則に則っているのです。

オタクの究極の姿〜「自分」

しかし,よく考えてみると「自然より人工」というのは男性の進化形態の一般的姿であり,オタク的逸脱とはいえません。では,オタク,引きこもりの鼻祖としてのデ・ゼサントの本質はどこにあるのでしょうか?

それはデ・ゼサントが「収集」し,「選ぶ」だけで,何一つ創造しようとはしないところにあります。デ・ゼサントはラテン文学やフランス文学の中から自分の気に入った作品だけを「選び」,それを「序列化」して悦に入りますが,そこから一歩進んで自分が何か新しいことを付け加えて「創造」するというところまで至りません。彼の自尊心は,「選び」「序列化」すること,つまり「ベスト選び」においてのみ充足されるようになっているのです。

ところで,この「選択」と「序列化」という欲求に加えて,デ・ゼサントはもうひとつ,「排除」という強い欲求をもっています。デ・ゼサントの頭の中には「公平」という概念はありません。選択の基準はあくまで「自分にそれが気に入るか否か」という一点だけで,この条件が満たされなければ,世間一般の評価がどうあろうとも,評価しないのです。つまり,デ・ゼサントにとっての第二原則は「自分」であり,そこに他者の客観的な視線というものは介入することがありません。

この第一原則と第二原則を突き合わせて出てくるのは,他人がつくった人工的なモノの中から,自分が気に入ったモノだけを選ぶという「消費者」の態度です。つまり,デ・ゼサントは消費社会の進展を嫌って郊外の一軒家に引きこもった隠者のように見えますが,その実,同時代のだれよりも「消費社

会」の本質を体現した「スーパー消費者」であり、その消費行為においてのみ自己の卓越性を実感できる「消費芸術家」であったということができるのです。オタクというのは、基本的にこの「消費芸術家」という側面を色濃くもっている人たちの別名なのです。

この「消費芸術家」としてのデ・ゼサントの特徴は至るところで発揮されています。典型的な例は、デ・ゼサントが「飽きっぽい」ところです。デ・ゼサントは「選択」「排除」「序列化」の道を突き進みますが、しかし、永遠に同じジャンルにこだわっているわけではありません。壁の色彩選びから始まって口中オルガン、香水のポエジー的配列、人工的な自然の花の収集など、次々とジャンルを変えては同じことを行っているのです。つまり、消費芸術家は飽きっぽく、同一的な反復をしていても対象は常に「変え」ていかなければならないのです。これはまさにオタクそのものの特徴ではないでしょうか？

オタクの究極の姿〜「幼児性」

ところで、ここでひとつ注目しなければならない点があります。デ・ゼサントがフォントネー・オ・ローズの一軒家に「引きこもる」ことができたのは、ほかでもない、彼が消費芸術家としての「自由」を与えられているという点ですが、じつはその「自由」を保証しているのは彼の労働ではなく、親の残してくれた「遺産」なのです。デ・ゼサントは自由人ですが、親の遺産による自由人なのです。

ですから、デ・ゼサントの自由、つまり「引きこもり」は、親の遺産が尽きたところで終わりになるほかはないという宿命をもっているのです。

では、この「飽きっぽい消費芸術家」「引きこもりの限定的

自由」というデ・ゼサントの本質はどこから来ているのでしょうか?

　それは彼の「幼児性」にあります。そして,これがデ・ゼサントの第三原則にして最も重要な原則なのです。『さかしま』の冒頭の「注」で語り手は,デ・ゼサントの先祖は「兵卒あがりの乱暴者」や「傭兵くずれの荒くれ男」の容貌をしていたにもかかわらず,帯剣貴族として代々,近親交配を繰り返すうちに,次第に肉体的・精神的活力を失い,最後は,末裔として陰鬱な,腺病質なデ・ゼサントひとりを残すだけになったと,その種としての衰弱を強調しています。また,家庭が核家族になったにもかかわらず,いや,まさにそれゆえに,デ・ゼサントはネグレクトに近い扱いを受けるようになったと綴られています。どうやら,デ・ゼサントの示す幼児性はこの幼児期の体験に起因しているようです。

　事実,デ・ゼサントはイエズス会のコレージュで,好きな学科には熱中するが,興味のない学科は完全放棄するという態度で,典型的な幼児固着の症状を示します。

　こうした幼児性を象徴的に表すのが,デ・ゼサントが造った水族館のような食堂です。これは子宮の羊水の中に漂っているときの至福を無意識に再現したものにほかなりません。したがって,デ・ゼサントは幼児固着というよりも,むしろ,生まれてくる以前の「未生」に固着しているのかもしれません。

　ではなぜ,デ・ゼサントはこうした特徴を示すようになったのでしょうか? それは人類が進化して病気を克服し,社会全体が少子高齢化の状態に至ったからにほかなりません。19世紀末に,フランスは世界で最初に少子高齢化の危機に見舞われていたのです。

　というわけで,『さかしま』は,すべての点で現代日本を研究

するための最高の1冊といえるのです。

現在の視点

文学者が注目した「モンテスキュー」と「空虚」

　ユイスマンスがデ・ゼサントのモデルとした人物はロベール・ド・モンテスキューという帯剣貴族の末裔のひとりで, 最高に洗練された美意識の持ち主として当時の社交界に君臨していたエキセントリックな人物ですが, モンテスキューはまたプルーストの『失われた時を求めて』のシャルリュス男爵のモデルでもあります。つまり, ユイスマンスとプルーストという文明の爛熟の極みに現れた2人の文学者がともに注目して小説の主人公としたことからもわかるように, モンテスキューこそは世紀末からベル・エポックという時代を象徴する典型なのです。しかし, 困ったことに, いざモンテスキューの研究を試みると, そこにあるのは「空虚」のみという結論に至るほかはないのです。これもまた, 現代日本の前兆となるような特徴ではないでしょうか？

翻訳書ガイド

いま手に入る『さかしま』
・河出文庫, 澁澤龍彦訳
・澁澤龍彦翻訳全集 7, 河出書房新社

おさえておきたいフレーズ

Ce qu'il voulait, c'étaient des couleurs dont l'expression s'affirmât aux lumières factices des lampes; ... car il ne vivait guère que la nuit, pensant qu'on était mieux chez soi, plus seul, et que l'esprit ne s'excitait et ne crépitait réellement qu'au contact voisin de l'ombre; ...

Une fois rapportée de chez le praticien qui la prit en pension, la bête fulgura comme un soleil, rayonna sur le tapis... Des Esseintes fut tout d'abord enchanté de cet effet; puis il pensa que ce gigantesque bijou n'était qu'ébauché, qu'il ne serait vraiment complet qu'après qu'il aurait été incrusté de pierres rares.

彼がほしかったのは、ランプの人工的な光を浴びることで初めてその表情がはっきりと現れてくるような色彩であった。（中略）なぜなら、彼は夜しか生活していなかったからである。家にいてくつろぎ、孤独になればなるほど、精神は夜の闇と隣り合わせになって興奮し活気を帯びるというのが彼の持論だったのである。

> デ・ゼサントが居間の色彩を検討しているときのこと。

　預けられていた彫金師のところから戻ってくると、カメは太陽のように輝き、絨毯の上で燦然と光った。（中略）最初、デ・ゼサントはこの効果に満足していたが、やがて、巨大な貴金属は粗造りにすぎず、そこに珍しい宝石が象眼されない限り真に完全な作品とはなり得ないと考えるに至った。

> デ・ゼサントは絨毯の上にはわせるために買ったカメの甲羅に黄金を被せ、次に宝石を象眼することを思いつく。

『さかしま』

"Bel-Ami"

『ベラミ』

1885年

Guy de Maupassant

ギ・ド・モーパッサン

1850-93。母親の友人で名付け親でもあったフローベールを師として仰ぎ、普仏戦争の従軍経験をもとにした『脂肪の塊』で文名を確立する。以降の10年、神経病の発作に見舞われるまで創作に専念し、『女の一生』や本作、『死の如く強し』などの作品を書き続けた。ゾラとともに、自然主義文学を代表する作家。

ギ・ド・モーパッサン

| あらすじ | ジョルジュ・デュロワは北部鉄道に勤める独身の安サラリーマン。リセは出たがバカロレア（大学入学資格試験）に失敗し，アルジェリア派遣軍で数年を過ごしたあと，軍隊での出世は諦め，一旗揚げようとパリにやってきた。しかし，現実は厳しく，月末には昼飯か夕飯を抜かなければやっていけない有り様だった。

運命が開けたのは，ある夏の夜，グラン・ブールヴァールを散策中，軍隊時代の戦友フォレスティエに出会ってからだった。いまや《ラ・ヴィ・フランセーズ》の花形記者となっていたフォレスティエは，自分の下で働く資料係を探していたところだったので，デュロワに入社を勧め，「フォリ・ベルジェール」に顔パスで入って羽振りのいいところを見せてから，翌日の夕食会に招待する。

夕食会の席でデュロワがアルジェリア時代の思い出を語ると，社長のヴァルテール氏にいたく感心され，記事の執筆を命じられるが，文章経験のないデュロワは1ページも書けずに往生する。翌朝，切羽詰まってフォレスティエを訪れると，フォレスティエはそうしたことだったら，自分の妻のマドレーヌ（通称マド）が手伝ってくれるだろうと言って外出する。フォレスティエ夫人はデュロワの思い出を書簡体の回想に仕立ててくれたが，これが大好評で，デュロワは《ラ・ヴィ・フランセーズ》の記者となり，ジャーナリズムの世界に入ってゆく。

"Bel-Ami"
『ベラミ』／ギ・ド・モーパッサン 作

　だが，デュロワの出世を可能にしたのは，むしろ彼の美貌と女あしらいのうまさだった。フォレスティエ夫人マドレーヌのほか，夕食会で出会ったその友人のクロチルド・ド・マルレ夫人（通称クロ），その娘のロリーヌ，《ラ・ヴィ・フランセーズ》社長ヴァルテール氏の夫人，どの女性も一目見るなり，デュロワが気に入ったようだった。中でもフォレスティエ夫人は進んでデュロワの庇護者を買って出て，ド・マルレ夫人やヴァルテール夫人のご機嫌を取るよう勧めたばかりか，ド・マルレ夫人を誘惑するよう唆す。

　こうして，デュロワはフォレスティエ夫人の敷いたレールに乗るように，ド・マルレ夫人の愛人となり，次いで，ヴァルテール夫人に取り入って社会面の主筆に抜擢される。

　一方，結核が進行したフォレスティエは療養のため夫人とカンヌに赴くが，容態が悪化し，駆けつけたデュロワと夫人に看取られて息を引き取る。パリに戻ったデュロワはフォレスティエの仕事を引き継いで政治面の主筆となり，未亡人となったフォレスティエ夫人と結婚して，その文才によってますます健筆を振るうようになる。ライバル紙の記者との決闘沙汰もうまく切り抜け，ジャーナリズムの世界を巧みに遊泳していくが，デュロワの野心はまだ満たされてはいなかった。そんな彼が次に狙いを定めたのは……。

講義

「オム・ファタル小説」という観点

　自然主義の旗手モーパッサンの代表作は『女の一生』(原題は《Une Vie》, つまり『ある人生』)ということになっていますが, 私はこの『ベラミ』のほうが好きです。理由のひとつは第三共和政期のきらびやかなパリを詳しく描いた風俗小説であることで, グラン・ブールヴァールの大型カフェ「アメリカン」, 高級レストラン「カフェ・リッシュ」, それに, リシェ通りで今日も盛業中のミュージック・ホール「フォリ・ベルジェール」などが印象的に描かれているからです。

　しかし, 21世紀的観点から『ベラミ』を評価するには, また別の角度から検討してみる必要があるようです。思うにそれは, 「ファム・ファタル小説」と対をなす「オム・ファタル小説」という観点です。

　「ファム・ファタル小説」とは『マノン・レスコー』や『カルメン』のように, 男が身の破滅を承知していてものめり込まざるを得ないような女性をヒロインにした小説ですが, その逆の「オム・ファタル小説」というのはほとんど存在していないと信じられていました。しかし, いまにして思うと, 『ベラミ』こそは, 時代に先駆けた「オム・ファタル小説の元祖」だったのかもしれません。

女性の男性に対する価値観の変化

　思い出すのは, 新米教師だった私が女子大の授業で『ベラミ』を取り上げ, 学生諸君に感想を聞いたときのことです。ほ

ぼ全員から激しい拒否反応がありました。「なんでこんなひどい男が主人公なのか理解に苦しみます。さんざん女心をもてあそんでおいて，最後は勝ち逃げしてしまうなんてひどいじゃありませんか」という声が大半を占めていたのです。デュロワを肯定する学生はゼロでした。

しかし，それから40年近く経過した現在，ジャニーズ系や韓流スターなどがマスコミを席巻している現在の状況を鑑みると，かなり多くの女性がデュロワを肯定的に捉え，こんな男なら私も騙されてみたいと思うようになっているのではないでしょうか？　ひとことでいえば，時代は「男は中身で勝負」から「男は外見で勝負」へと移り，「イケメンで，女あしらいさえうまければ，つまりホストやジゴロみたいな男でも，私はOKよ」という女性が増えているということなのです。それは，女性の社会進出が進み，収入の面でも男性と変わらない女性が増加し，男性に対する価値観が変化したからなのです。

私が最初にそれを感じたのは，早世した作家の森瑤子さんが愛読書として『ベラミ』を挙げ，安食堂を出ようとするデュロワが投網のような一瞥を投げかけると，テーブルに残った女たちが一斉に顔を上げるという冒頭の場面は何度読んでもゾクゾクすると書いているエッセイを読んだときです。私は日本にもこうしたオム・ファタルを「味わう」ことのできる女性が出現しているんだなと感心した記憶がありますが，やがて，こうした感性の女性が1人増え，2人増え，いまでは多数派とはいえないけれど，強固な少数派をかたちづくるようです（フランスではすでに多数派ですけれど）。

実際，読み返してみると，モーパッサンはいたるところでデュロワのこうしたオム・ファタル的あるいはジゴロ的な特徴を強調しています。

「三つ揃いで60フランの背広を着ていても,彼にはある種のエレガンスがあった。けばけばしく,いささか俗っぽくはあるが,偽物ではないエレガンスが。背は高く,スタイルがよく,金髪で(中略)いずれにしろ,通俗小説に出てくる女たらしにそっくりだった」

「やがて2人は話し始めた。彼の会話は安易で平凡なものだったが,声には魅力があり,眼差しにはうっとりとするような優しさがあって,口ひげにはあらがいがたい色気が漂っていた」

モーパッサンの頭にあったのは,貧しい境涯から美貌と才気だけを武器に社会の上層にのし上がっていく『赤と黒』のジュリアン・ソレルですが,しかし,時代の通俗化と平準化に合わせて,主人公のレベルを引き下げる必要を感じたようです。つまり,時代錯誤の小説にならないように,ジュリアンの高貴な魂を消し去り,出世欲だけで内容のない空っぽの美男子としてデュロワを造形しようと考えたのです。

モーパッサンがデュロワを"無内容なイケメン"にした理由

ではなにゆえに,モーパッサンはデュロワをこうした無内容なイケメンに設定したのでしょうか? どうやら,時代に先駆けて自己実現を成し遂げた優れた女たちがこぞってデュロワのようなジゴロ的な男にひかれるのを見て,疑問を感じたのではないかと思われます。優れた女なら,内容も優れた男に恋すべきなのに,なぜ,美男子というだけのつまらない男に惚れ

るのか,これは解けない謎だというわけです。

　事実,男の記者のゴーストライターになることでしか文才を発揮できないフォレスティエ夫人にしろ,また,夫の不在をいいことにアヴァンチュールを楽しんでいるド・マルレ夫人にしろ,登場するのは女性の社会進出が少ない19世紀という時代にあって,自らの創意と工夫で自己実現(つまり,やりたいことをやる)を図ろうとしている意志的で魅力的な女性です。その彼女たちがまるで争うようにデュロワに献身的な愛情を注ぐのです。それを象徴するのが,ド・マルレ夫人の娘ロリーヌが人見知りする性分にもかかわらずデュロワにだけはなついて「ベラミ　Bel Ami」というニック・ネームを与えたことです。デュロワは少女から成熟した貴婦人まで,どんな女からも愛されてしまう特殊な美点をもっているのです。おそらく,モーパッサンは時代の変化の方向はここにあると見定めたのではないでしょうか。社会の進歩につれてヴィジュアル優先のイメージ型の世界が到来すれば,女もまたこの基準に従わざるを得なくなるというわけです。

　『ベラミ』はこうした「オム・ファタル」の必然性を予見した優れた小説だといえるのです。

現在の視点

"新しい女性"たちの出現を捉えた
モーパッサンの眼力

　『ベラミ』は,時代の変化によって出現しつつあった新しい女たちを巧みに造形している点でも注目すべき風俗小説です。これと見込んだ男のゴーストライターを引き受け,ジャーナ

リズムと政界を陰から操ることに快楽を見いだすフォレスティエ夫人。あるいは下層階級の男たちのたむろするキャバレー巡りに性的な愉悦を感じるド・マルレ夫人。いずれも、当時の日本ではとうていお目にかかれなかったタイプの女性たちで、こうした新しい女性たちの出現を正確に捉えたモーパッサンの眼力は再評価されてしかるべきものです。女性史の観点から読み直すモーパッサン論というのがあってもいいのではないでしょうか？

翻訳書ガイド

いま手に入る『ベラミ』
・岩波文庫, 杉捷夫訳

かつては、
・新潮文庫, 田辺貞之助訳
・角川文庫, 木村庄三郎訳
がありました。
角川文庫版は、中村佳子訳がKindle版で入手しやすくなっている。

おさえておきたいフレーズ

Forestier fut stupéfait :―――Tu n'as pas d'habit ? Bigre ! en voilà une chose indispensable pourtant. À Paris, vois-tu, il vaudrait mieux n'avoir pas de lit que pas d'habit.

… et, soudain, il aperçut en face de lui un monsieur en grande toilette qui le regardait. Ils se trouvaient si près l'un de l'autre que Duroy fit un mouvement en arrière, puis il demeura stupéfait: c'était lui-même, … Un élan de joie le fit tressaillir, tant il se jugea mieux qu'il n'aurait cru.

フォレスティエはあっけにとられた。「えっ、君、燕尾服をもってないんだって？　ほんとかよ！　燕尾服ってのはどうしても必要なものなんだぜ。いいかい、パリじゃ、燕尾服がないくらいなら、ベッドがないほうがまだましだってくらいだよ」

> 夕食会に招待されたデュロワが真っ赤な顔をして、夕食会に着ていく燕尾服をもっていないと打ち明けたときのこと。フォレスティエは40フランを与えて燕尾服を用意するように言う。

　と、突然、真正面に自分を見つめている正装の男性がいるのに気づいた。2人はひどく近づいていたので、デュロワは後ろに飛びのいた。それから、呆然となった。自分自身だったのである。……湧き上がるような喜びで体が震えた。思っていたよりもはるかにましだと思ったのである。

> 貸衣装に身をくるんだデュロワは自分がみっともないと思っていたが、踊り場の鏡に映った姿で、かっこよさを確認する。

"Poil de Carotte"

『にんじん』

1894年

Jules Renard

ジュール・ルナール

1864-1910。鉄道会社や倉庫会社で働くかたわら小説や詩を書き、文芸雑誌『メルキュール・ド・フランス』の創刊に関わった。同誌に最初の長編『寄食者』を発表後、本作や『葡萄畑の葡萄作り』『博物誌』などの作品を相次いで書き上げる。劇作家としても名声を得て、本作も自身で劇化した。動脈硬化症により46歳で病死。

ジュール・ルナール

| あらすじ | ルピック夫妻には3人の子どもがいた。長女のエルネスティーヌ, 長男のフェリックス, それに, 赤毛でそばかすだらけのため家族から「にんじん」と呼ばれている次男。3人とも夫妻の実子である。ルピック夫妻の夫婦仲は冷えきっていて, 互いにほとんど口をきかない。

ルピック夫人は上の2人の子どもは溺愛しているのに, 末子の「にんじん」にはまったく愛情を示さない。それどころか, 夫への憎悪のはけ口として「にんじん」をいじめ, 虐待する。そのいじめ方は陰惨で,「にんじん」が虚勢を張って元気一杯に振る舞ったり, 冷静を装ったりすると, それをことごとく悪く捉えて, いじめや虐待を倍加する。父親のルピック氏は「にんじん」を愛してはいるのだが, 愛情表現が苦手で, 寡黙なため, 妻の理不尽な振る舞いに目をつむる。姉や兄も自分を安全地帯に置くために, 母に迎合していじめに加担する。

いじめを受けているうちに,「にんじん」もひねくれた子どもになり, 動物を虐待したり, たちの悪いいたずらに走るようになる。

物語は田園生活のエピソードを盛り込んだ掌編「鶏小屋」「山うずら」「悪夢」「びろうな話」など,「スケッチ」と呼ばれた散文を積みかさねてゆくかたちで進行するが,「憎悪」で結ばれた母と息子の関係はつねに緊張感を孕んでいて, のどかな

"Poil de Carotte"
『にんじん』／ジュール・ルナール 作

風景描写にもそれが表れているから，一字一句ゆるがせにすることはできない。

講義

『にんじん』が描く「母親」の恐るべきリアリティ

　日本では、戦前の1933年(昭和8年)に岸田國士によって翻訳され、ジュリアン・デュヴィヴィエ監督の同名の映画(1932年)によって、広く人口に膾炙した作品で、少年少女文学全集にも収録されているため、漠然とストーリーを知っている人も少なくないでしょう。戦後も岸田國士訳が岩波文庫に入り、ロングセラーを続けています。

　ところで、戦前、戦後をつうじて、濃密な親子関係を特徴としていた日本人にとってどうしても理解できなかったのは、継母でもないのに、ルピック夫人がなぜあれほど残酷に「にんじん」をいじめ抜くかということでした。継子いじめ物だったら、日本にも平安朝から長く続く「伝統」がありますが、実子いじめというのは日本人の想像を完全に超えていたのです。

　そのため、いろいろと穿った解釈が出現しました。曰く、本当はルピック夫人は「にんじん」を愛しているのだが、「にんじん」との関係が最初に捩れてしまったので、親子関係を修復することが難しくなった、云々。あるいは、ルピック夫人は愛情表現の仕方を知らなかったのだ、云々。

　いずれも、ルピック夫人のようなモンスター・マザーは現実には存在せず、あくまでフィクションとして『にんじん』を読むべきだという前提に立っています。しかし、原作が書かれてから120年以上がたち、家庭や社会のあり様がフランス以上に劇的に変化を遂げた平成の日本で、つまり、毎年たくさんのいたいけない子どもが「鬼母」の犠牲になって命を落とした

り,回復不可能な心の傷を負っている現在の日本においてこの作品を読み返してみると,ルピック夫人は「想像上のモンスター・マザー」であるどころか,すぐ近くにいる「現実の母親」であることがよくわかってきます。

ひとことでいえば,『にんじん』は120年たって,恐るべきリアリティをもった作品へと変容したのです。内容は同じなのに,それを取り巻く現実のほうが大きく変わったのです。

母親の「にんじん」に対する仕打ち

というわけで,少し詳しく,『にんじん』を読んでいってみましょう。

まず「悪夢」。泊まり客があったため,「にんじん」はルピック夫人と同じベッドで寝ることになりました。「にんじん」が鼾をかくと,ルピック夫人は「にんじん」のお尻を爪で血の出るほど激しく抓ります。ルピック氏が「にんじん」の悲鳴に驚いて声をかけると,ルピック夫人は「夢でうなされているだけですよ」と言ってから,乳母がやるように優しい子守歌を歌ってみせるのでした。

もっと,ひどい話もあります。「にんじん」は寝小便をすることが多いので,夜,眠る前にベッドの下に置いてある小便壺で用を足そうとしますが,いくら探しても壺は見あたりません。部屋には鍵がかかっていて外には出られません。そこで,せっぱつまった「にんじん」は暖炉の薪台の上に排尿してしまいます。すると,翌朝,ルピック夫人がやってきて「変な臭いがする」と部屋中をかぎまわります。「にんじん」が壺がなかったからと抗弁すると,ルピック夫人はいったん部屋から出てこっそりと壺を持ち込んでからこう言います。「嘘つき!」「お前のおかげで頭が変になる」。こうした仕打ちを受けて「にんじん」は

思います。夜中にはたしかにこの壺はなかった。でも、なかったと言い張ると、きっと「なんて図々しい子！」ということになってしまうだろうと。

このように、抗弁してもルピック夫人は受けつけず、余計に怒ります。そのため、「にんじん」は理不尽な目に遭っても抗議しなくなり、次にはいじめを受けても自分は気にしていない、全然平気だという態度を取るようになります。すると、そうした反応のなさがルピック夫人を逆上させ、いじめは余計にひどくなるのです。

「にんじん」は子どもですから、ルピック夫人のいじめと虐待から身を守る術はなく、できるのはただひとつ、自ら命を断つことですが、「にんじん」は自殺にも失敗してしまいます。

『にんじん』が示す「いじめ」の普遍的構造

ところで、こうした描写を読んでいくうち、私たちはひとつの重大な事実に気づくことになります。それは、「いじめ」の心理構造というのは、ある意味、「普遍的」だということです。つまり、ルピック夫人と「にんじん」が特殊なのではなく、いじめる側といじめられる側との関係は、親子でも、兄弟姉妹でも、友達同士でも、先生と生徒でも、基本的に同じだということです。

いじめる側にとって、いじめられる側の示す反応こそが自分の存在を証明する「生きる証し」なのです。自分が「生きている」ことを実感したいがために、いじめに走るのです。ですから、いじめられる側がひたすら耐えている限りいじめは止まりません。

では、いじめられる側としてはどう対処したらいいのでしょうか？　そのヒントは『にんじん』の最後に隠されています。

「反抗」というスケッチです。ルピック夫人から水車小屋に行ってバターを買ってくるように言いつけられた「にんじん」は, 初めてはっきりと「いやだよ」と答えます。当然, ルピック夫人は驚き, 逆上し,「おまえは, 生まれて初めて, お母さんの言うことをきかないつもりなんだね」と尋ねますが, これにも「にんじん」はきっぱりと「そうだよ」と答えます。すると, ルピック夫人は「革命だ」「世の終わりだ」とおおげさに嘆きますが, いつもと違っていじめや折檻を倍加することはありませんでした。

このように,『にんじん』は「いじめ」の普遍的構造を私たちに教えてくれるという点で, 非常に希有な作品であると言えるのです。

古典は時代が変化するたびに蘇ります。『にんじん』は, いじめが蔓延している現代においてこそ深く読み込まれなければならない作品なのではないでしょうか?

現在の視点

戯曲の「覚え書き」に見る作者のトラウマ

ルナールは『にんじん』を一幕物の戯曲に仕立てたときの「登場人物覚え書き」で,「にんじん」について「母親が自分の近くにいるときは, それほど恐怖は覚えず, むしろひそかな敵愾心を感じるが, どこか周囲にいると恐怖感を覚える」という内容を書き記しています。このコメントは母親のいじめがルナール自身にとっても拭い消せないトラウマになっていたことを物語ってはいないでしょうか?『日記』や『書簡』に当たって, ルナールの先駆性を心理学的, 精神分析学的観点から分析してみるのも面白いと思います。この意味で,『ジュール・

ルナール全集』が臨川書店から翻訳されているのはとてもありがたいことなのです。

翻訳書ガイド

いま手に入る『にんじん』
・岩波文庫, 岸田國士訳
・新潮文庫, 高野優訳

その他, Kindleで青空文庫版と角川文庫版(窪田般彌訳)が入手できる。

おさえておきたいフレーズ

Poil de Carotte, tu iras les fermer tous les soirs

Poil de Carotte (Au fond d'un placard.Dans la bouche, deux doigts; dans son nez, un seul): Tout le monde ne peut pas être orphelin

「《にんじん》や，これからは，毎晩，おまえが鶏小屋の扉を閉めに行くんだよ」
——「鶏小屋」より

> 女中のオノリーヌが鶏小屋の扉を閉め忘れたようだから，だれか閉めに行くようにとルピック夫人が命じるが，長男も長女も巧みに言い訳をして逃れる。するとルピック夫人はふと思い出したように「にんじん」にその仕事を命じる。外は真っ暗で怖いのだが，「にんじん」は勇気を振りしぼって鶏小屋の扉を閉めてくる。体をそびやかしてほめ言葉を待ち，両親の顔に心配の痕跡を探すが，そんな「にんじん」にルピック夫人が冷たく言い放った言葉。

「にんじん（押入れの奥で，指の2本を口の中へ，1本は鼻の孔の中に突っ込みながら）——孤児になりたいと思っても，だれにでもできるわけじゃないものな」
——「どんでん返し」より

> ルピック氏に狩りに誘われた「にんじん」は嬉しくてしかたがないが，ルピック夫人が狩りに行くことを禁じたので，ルピック氏には急に気が変わったと答える。ルピック氏は怒って1人で出掛けてしまう。残された「にんじん」は，1人つぶやく。（戯曲風に構成されたスケッチ「どんでん返し」）

第4章

20世紀文学　I

"A la recherche du temps perdu"

『失われた時を求めて』

1913年〜1927年

Marcel Proust

マルセル・プルースト

1871-1922。父親はパリ大学医学部教授。弟ロベールは父のあとを継いで医学に進む。9歳のとき、突如襲われた喘息に生涯苦しめられる。文学を志し、職につくことなく、文学と華やかな社交生活に明け暮れる毎日を送る。父母の死を契機に、コルク張りの自室にこもり切りになり、『失われた時を求めて』の執筆に専念する。5年かけて第1巻の『スワン家の方へ』が完成。作品は当初の予定をはるかに越え、7巻15冊にふくれあがった。

Marcel Proust

マルセル・プルースト

| あらすじ

『第一篇 スワン家の方へ』「第一部 コンブレー」:語り手の「私」は不眠に苦しんでいるうち,かつて不眠の夜を送った多くの部屋を思い浮かべる。連想は子供時代に休暇を過ごしたコンブレーの大伯母の家へと飛び,おやすみのキスを母にせがむために巡らした策略へと飛躍する。ついで,長い年月を経た冬のある日,プティット・マドレーヌを浸した紅茶を口にした「私」はその瞬間,コンブレーのすべてが蘇るのを感じて戦慄する。レオニー叔母,女中頭フランソワーズ,ルグランダン氏,作曲家のヴァントゥイユ氏とその娘などが思い出される。コンブレーでの散歩道は株式仲買人スワンの家への道とゲルマント大公家への道とに分かれていた。《スワン家の方》に散歩に出た「私」は庭にスワンの娘ジルベルトを見つけ,ひそかに恋心を抱く。《ゲルマントの方》のコースの途中には美しいヴィヴォーヌ川が流れていた。水源に辿りつくこともゲルマントの城郭に行き着くこともできなかったが,「私」はゲルマント夫人に愛されていると夢想し,作家になりたいと思う。しかし,現実に教会で夫人を目撃したときには幻滅を覚える。あるとき馬車から見たマルタンヴィルの鐘楼の美しさに圧倒され,印象を紙に書きつけたところ,幸福な気持ちになる。最後は「私」が過去を回想している部屋の場面で終わる。「第二部 スワンの恋」:「私」が誕生する以前の社会が3人称で語られる。スワンはヴェルデュラン夫人のサロンで高級

『失われた時を求めて』

"A la recherche du temps perdu"
『失われた時を求めて』／マルセル・プルースト 作

娼婦オデットと話を交わすうちに，恋に落ちる。深みに嵌まったのはオデットがスワンの嫉妬を巧みに操り，嘘と真実をないまぜにした告白をしたためで，最後，スワンは真実が知りたいためにだけ，オデットと結婚する。「第三部 土地の名，名前」：土地の名についてのエッセイ風な語りに始まり，シャンゼリゼでジルベルトと遊んだ思い出が語られる。

『第二篇 花咲く乙女たちのかげに』「第一部 スワン夫人をめぐって」：「私」はスワン家に招かれ，夫人のオデットや娘のジルベルトを知るが，ジルベルトとの恋は中途半端で終わる。オデットのサロンでヴァントゥイユ氏作曲のソナタを聞き，憧れの作家ベルゴットと会う。「第二部 土地の名，土地」：祖母と一緒にノルマンディー海岸の避暑地バルベックに出掛けた「私」はホテルでヴィルパリジ夫人，甥のサン=ルー，その叔父のシャルリュス男爵などと出会い，シャルリュスのエキセントリックさに圧倒される。ホテルのテラスに座っているとき遊歩道を5，6人の娘が歩いてくるのに出会い，新鮮な魅力を感じる。画家エルスチールの紹介で彼女たちと知り合った「私」はその中の1人アルベルチーヌ・シモネに恋するようになるが，あとに続く物語で，アルベルチーヌは同性愛者ではないかという疑惑に苛まれて，塗炭の苦しみを味わうことになる。しかし，最終篇「見いだされた時」で，ついに……。

講義

「夢」のように構成されている作品の解読法

　マルセル・プルースト畢生(ひっせい)の大作『失われた時を求めて』は、たんに長いばかりでなく、非常にこみいった文章が関係代名詞を蝶番(ちょうつがい)にしてうねうねと続き、しかもストーリーがあるようでないので決して読みやすい作品ではありません。また、プルーストがゲラ原稿に手を入れたのは全7篇中『第四篇 ソドムとゴモラ』までで、それから先は未定稿ですから、いろいろとわかりにくいところもあります。しかし、そうした難点をすべて考慮に入れたとしても、やはり『失われた時を求めて』は人類が生んだ最も偉大な文学作品に数えられるでしょう。では、いったい、この超大作のどこに着目して読めばいいのでしょうか？

　ひとつは、これが普通の小説とは違って「夢」のように構成されているという点です。冒頭、語り手の「私」が眠りに入れず、すぐ目が覚めてしまう描写が出てきますが、じつをいうと、目覚めたあとに明敏な意識で語られているように思える部分もまだ眠りの中にあるかもしれないのです。つまり、私たちが"目覚めている夢"を見ることがあるように、この小説も「夢の中の覚醒」を描いている可能性が多分にあるのです。

　そう考えなければ辻褄(つじつま)があわないことがたくさんあります。具体的にいうと、第一篇「第一部　コンブレー」の中に登場するアドルフ叔父の家で出会った高級娼婦は後に「スワンの恋」でスワンを振り回すオデットのようですが、もしオデットだとすると時間的整合性が取れなくなってしまいます。そればか

りではありません。「私」が「おやすみのキス」をしに来てくれないママンに痺れを切らし、廊下で待ち伏せする有名な場面がありますが、その「私」というのが何歳なのかどうも判然としないのです。5, 6歳の子どものようにも読めるし、13, 4歳の少年のようにも思えるのです。こうしたクロノロジカルな混乱はいたるところにあり、そのためリアリズム小説に慣れた読者は途方に暮れてしまうのですが、しかし、これを全部「夢の中の覚醒」と捉えれば一挙に解決がつきます。いいかえると『失われた時を求めて』は膨大な夢の話であり、すべては「夢の論理」で進められているのです。

「夢の論理」とは〜置換と圧縮〜

では、「夢の論理」とは何でしょうか？ それは、夢の中で感じられる情動、つまり恐怖とか歓喜とか快楽とかはリアルなものですが、それをもたらすイメージは現実とは異なる方法で組み立てられているということです。たとえば、夢では2人の人物が入れ替わっていて、本来ならAという人のはずがBという人物となって現れることがよくあります。精神分析ではこれを「置換」と呼びますが、『失われた時を求めて』においては、父と母、母と祖母、男と女など、さまざまな項目でこの置換が行われているのです。したがって、「私」をプルースト自身と捉えたりしたら大間違いを犯すことになります。たとえば「私」は異性愛者で、アルベルチーヌの同性愛に苦しみ嫉妬しますが、これはプルーストが同性愛者であり、アルベルチーヌのモデルであった運転手のアゴスチネリの異性愛に苦しみ、嫉妬するのと「置換」の関係にあります。

もうひとつの「夢の論理」は「圧縮」というもので、2つ以上の要素をひとつに圧縮して別のものにしてしまうことですが、こ

れもいたるところに用いられています。とくにそれが目立つのが固有名詞が妙に具体的に登場している箇所です。そうした場合、その固有名詞はいくつかの異なる現実が「圧縮」されたものであると考えなければなりません。典型的な例は、複数の現実の土地が「圧縮」されてつくられたコンブレーとかバルベックという架空の土地の名前ですが、そうしたわかりやすいものばかりではありません。有名な「プティット・マドレーヌ」というお菓子も、実はいくつかの固有名詞の圧縮にほかならず、そこにはさまざまな意味がこめられているのです。

プルーストが表現しようとしたこと

とするならば、プルーストはこうした「夢の論理」を使って何を表そうとしたのでしょうか？

ひとつは、「記憶」という特殊な能力を与えられた人間が味わわなければならない喜びと悲しみをリアルに表現することです。そうした情動は不思議なことに夢の中でのほうがリアルなのですが、夢を夢として描いたのでは読者に信じてもらえないので、夢を現実であるかのように描かなければならなかったのです。

この「記憶」という宿命を負った人間が味わうことになる不幸のひとつに嫉妬という感情があります。プルーストは、オデットに対するスワンの嫉妬やアルベルチーヌに対する「私」の嫉妬を執拗に描き、全編のテーマのひとつにしていますが、それは、プルーストが嫉妬というものを「時間の病」であると考えているからにほかなりません。「時間の病」とは、愛する人が予想とは異なる行動を取った（つまり浮気していた）ことがあとからわかったときに発症するものですが、この意味では『失われた時を求めて』というのはいかにも意味深なタイトルです。

もうひとつは、人が偶然訪れる「無意識的記憶」という不思議な作用によって喜びや悲しみを強く感じたとしても、果たして、それだけで、人は、死すべき存在という「人間の条件」を超えられるのかという哲学的問題です。

　これに対してプルーストは、文学や絵画や音楽といった芸術的創造のみが人間をして「人間の条件」を超えさせるのだという答えを用意しているように見受けられます。

　最終篇「見いだされた時」の結末はまさにそれを暗示しているのではないでしょうか？

現在の視点

プルーストは"オタク"だったという視点

　『失われた時を求めて』の眼目のひとつは、意外や、「私」のオタク性にあります。その証拠に、「私」は言葉とか写真とかステンドグラスといったわずかな手掛かりから異常なまでにイメージを膨らませてしまい、いざ現実に接すると激しい幻滅を感じるといったヴァーチャル・リアリティ依存症の症例を繰り返していますが、これはまさにイメージに淫するオタクにほかなりません。プルーストの時代にはひとりの少年がオタクとなるようなヴァーチャル環境はまだ用意されていませんでしたが、元祖オタクであるプルーストはその貧しい環境を克服して見事、オタクに成り果せたのです。

　「プルーストはオタクだった」とすると、にわかに『失われた時を求めて』が身近なものに感じられてくるのではないでしょうか？

翻訳書ガイド

いま手に入る『失われた時を求めて』
・ちくま文庫, 井上究一郎訳
・岩波文庫, 吉川一義訳
・集英社文庫, 鈴木道彦訳
・光文社古典新訳文庫, 高遠弘美訳

この他に, フランスコミック版が中条省平訳で白夜書房から2巻まで刊行されたが, 入手できなくなっている。

おさえておきたいフレーズ

Elle envoya chercher un de ces gâteaux courts et dodus appelés Petites Madeleines qui semblent avoir été moulés dans la valve rainurée d'une coquille de Saint-Jacques. Et machinalement (.....) je portai à mes lèvres une cuillerée du thé où j'avais laissé s'amollir un morceau de madeleine. Mais à l'instant même où la gorgée mêlée des miettes du gâteau toucha mon palais, je tressaillis, attentif à ce qui se passait d'extraordinaire en moi. Un plaisir délicieux m'avait envahi, isolé, sans la notion de sa cause.

... et elle sauta par-dessus le vieillard épouvanté, dont la casquette marine fut effleurée par les pieds agiles, au grand amusement des autres jeunes filles ...

彼女はプティット・マドレーヌと呼ばれる小ぶりでふっくらしたお菓子をもってこさせた。それはホタテ貝の筋の入った殻で型をとったようなかたちをしていた。そこで, 私は……機械的に, 紅茶をひと匙すくって唇に運んだが, その中にマドレーヌのひとかけらが溶けて残っていた。だが, お菓子のかけらのまじったひと匙が口蓋に触れたとたん, 私は身震いした。なんだろう？　私の中でなにか異常なことが起こっているのだ。なぜだか原因のわからない, 唐突な, えもいわれぬ歓びが私の中に入り込んできていたのだ。

> マドレーヌを浸した紅茶のひと匙から, コンブレーの記憶が蘇ってくるという有名な一節。

　そして, 彼女は仰天している老人の上を跳びこえた。彼女の俊敏な両足が老人の海軍士官帽に軽く触れた。ほかの娘たちは大喜びした。

> 花咲く乙女たちの集団が海岸の遊歩道に現れ, その中のひとりが楽隊のステージをトランポリンにして, その脇で, 折り畳み椅子に寝ている老人の上を跳びこえようとした瞬間。

『失われた時を求めて』

"Chéri"

『シェリ』

1920年

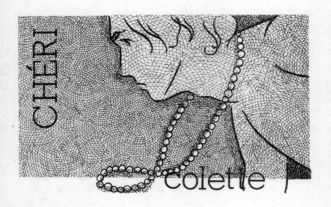

(Sidonie-Gabrielle) Colette

(シドニー=ガブリエル・)
コレット

1873-1954。小説家ウィリと結婚。夫のすすめで書いた,故郷での学校時代を舞台にした『クローディーヌ』(第1作はウィリ名義,第2作からはコレット=ウィリの筆名)シリーズで認められた。第一次世界大戦に記者として従軍。離婚後,パントマイムで舞台に立ち,本作や『青い麦』,『さすらいの女』で女性心理を巧みに描き出した。

(Sidonie-Gabrielle) Colette

(シドニー゠ガブリエル・)コレット

| あらすじ | レアは49歳の元高級娼婦(ココット)。若き日にパトロンたちに貢がせた莫大な金を適切に投資してきたお

かげで,いまでは堅実でありながら贅沢な生活を送っている。といっても愛情生活と無縁になったわけではなく,高級娼婦時代のライバルだったシャルロット・プルーの一人息子フレッド(通称シェリ)と関係を結んでから,すでに6年がたつ。

小説は,薔薇色のカーテンの隙間から陽光がもれる寝室で,鏡の前に立ったシェリが駄々っ子のように真珠のネックレスをレアにねだる光景から始まる。レアは豪華なベッドに身を横たえたまま,シェリの若くて美しい顔と肉体を惚れ惚れと見つめている。レアにとって,シェリのわがままやすねた仕草さえ,いとおしくてしかたがないのだ。レアは「良質の身体は長持ちする」という信念をもち,自分の肉体はまだ十分鑑賞に堪えると自負してはいるが,やはり2人の関係がこのまま続くとは思っていない。

そんなある日,レアがヌイイにあるシャルロット・プルーの邸宅に出掛けると,そこには美貌の高級娼婦のマリ゠ロールとその娘エドメがいた。シャルロット・プルーは息子を寝とったレアへの復讐の気持ちから,エドメとシェリのお見合いをセッティングし,それをレアに見せつけようとしたのだ。

翌日,シェリから結婚話を改めて聞かされたレアは,年下の恋人と別れることには慣れていると強がりを言ったものの,動

"Chéri"
『シェリ』／(シドニー゠ガブリエル・)コレット 作

揺を隠せなかった。シェリはそれからも会いにきて結婚の条件交渉の模様をおもしろおかしく語って聞かせ,レアも喜んでこれに耳を傾けているふりをしていたが,本当は,決して口にしてはならない言葉を最後まで口にしなかったことを誇りに思うと同時に,強く後悔もしていたのだった。

シャルロット・プルー邸で開かれた披露宴で,新婚カップルの登場を脅えながら待っていたレアは,ついに我慢の限界に達し,逃れ去るように自宅に舞い戻ると,そのままベッドに倒れ込んだ。そして,シェリとエドメがイタリアに新婚旅行に出掛けているあいだに,だれにも行き先を知らせずにパリを離れた。

シェリは新婚旅行から戻っても,心ここにあらずといった感じで,美しい新妻をほったらかして悪友と盛り場を遊び歩いたが,やがて,レアが戻ってきたことを知ると,逆に新妻のもとに帰り,良き夫を演じ始めた。一方,レアはこれからは1人で強く生きていこうと心に決めたがまさにその瞬間に,中庭で鳴り響く呼び鈴を耳にした。玄関と階段に荒々しい足音が聞こえたかと思うと,シェリが目の前に立っていた。

翌朝,レアとシェリは……。

講義

現代と見事にリンクする『シェリ』の2つの要素

　本書では,執筆当時は完全なリアリズムに則った風俗小説でありながら,今日の目から見ると,見事な未来予想となっている小説をいくつか取り上げていますが,コレットの『シェリ』もまさに「結果的に未来予想となった小説」のひとつです。

　まず第一に,驚くほど現代的なのは,アラフォーどころか,アラフィフの女の,自分の息子と同じくらいの年齢の男との恋愛を描いているところでしょう。

　時代設定はちょうど今から100年ほど前のベル・エポックの時代です。この頃はまだ人生60年ですから,レアのような49歳の女性といったら,ほとんどお婆さんに近かったはずです。

　ところが,レアは若いときから節制に努め,エステに励んできたらしく,いまだに「人様に見せられる」肉体をもち,脚もすらりとして長く,背中はイタリアの噴水を飾るニンフのようにすっきりして,乳房もお尻も「当分のあいだもちそう」に見えます。いまふうの表現なら,「美魔女」といったところでしょうか？

　第二は,若いときには高級娼婦として数多くのパトロンをもちながら,結局,だれとも結婚せず,また固定的な愛人関係を結ぶこともなく,独身を貫いてきた点です。小説のどこにもレアが子どもを生んだとは書かれていませんから,天涯孤独の身の上なのでしょう。しかも,この孤独な49歳の女性は,男から貢がれた大金を正しく有価証券に投資して,個人年金もしっかりと設定していますから,インテリアも衣装も食べ物も思い

通りのものが選べます。ようするに若い頃にしっかりと人生設計したおかげで、独身の美魔女として贅沢に暮らせる身分なのです。

これは、逆にいえば、金という基準で男を選ばなくて済むということです。

"シェリ"という男の"作り方"

では、金満家の独身の美魔女としてのレアが選んだシェリというのは、どのような男だったのでしょうか?

まず、若さ。レアはたまたま高級娼婦時代からの友達でライバルでもあったシャルロット・プルーの邸宅に遊びにいっているときに、自分の子どものように接してきた息子のシェリにキスをせがまれたことから関係を結んでしまい、以後6年間、シェリの肉体と美貌を愛でながら暮らしてきました。ひとことで言えば、若いときに、自分が男たちに選ばれたのと同じフィジカルな理由からシェリを愛してきたのです。

実際、知り合ったときのシェリの頭の空っぽさはひどいものでした。愛人を渡り歩くのに忙しかった母親はシェリが生まれるとすぐに里子に出し、そのあとは寄宿学校に預けっぱなしにするという、「育児放棄」の「先駆者」でした。そして、シェリがリセを中途退学すると、好きなだけ小遣いを与えて甘やかすという、ダメな母親によくあるようなひどい育て方をしてきたのです。

そのため、愛人関係となったあと、レアはシェリを一から鍛え上げなければなりませんでした。口のきき方や、テーブル・マナーから始めて、元愛人だったボクサーをトレーナーに雇って肉体改造をさせるなど、ようするに、シェリを完全に教育し直したのです。もちろん、その中には、ベッドでのセックス・テク

ニックも含まれていたことでしょう。

では、レアはなぜこのような感情教育(éducation sentimentale)を若き愛人に施したのでしょうか?

それは、年齢差のある恋愛関係においては、いずれ別れはやってくることをレアが自覚していたからです。レアは、おそらく若き日に、年齢差のある愛人から、金銭、礼儀作法、話し方、人との接し方、人間心理、経済観念、それに文化と教養といったものすべてを与えられたにちがいありません。なぜなら、高級娼婦として、男たちに飽きられずにいるには、これらすべてが必要だったからです。その愛人は己のもてるすべてをレアに与えたうえで潔く別れを選んだのでしょう。

そして、今度はレアがそれを行う番なのです。

レアの揺らぐ"女の自尊心"のサスペンス性

しかし、シェリに溺れきっているレアにそんなことができるでしょうか? 年下男に入れ込んだ年増女特有の醜態をさらして、修羅場を演じてしまうのではないでしょうか?

というわけで、小説のサスペンスは、レアが女の自尊心を失うことなく、シェリとうまく別れることができるか否かという一点にかかっています。

実際、決意は、何度か崩れそうになります。

一度目はシェリがまったく屈託なく、結婚式と新婚旅行の段取りを告げたときです。レアは床に落ちた鼈甲のかんざしを拾いあげ、歌を口ずさみながらそれを髪に突き刺しますが、そのときには、感情をやすやすと抑えつけることができ、「別れないで!」という叫びをついに発しなかった自分に深く満足することができました。

しかし、結婚式のあとの披露宴という二度目の試練では、

シェリと新婦の顔を見る前に気分が悪くなり, 退席してしまいます。

さて, 三度目はどうでしょう?

感情と自尊心の板挟みになったレアは, 新妻をほったらかしして自分のところに戻ってきたシェリに対して, 女の意地を見せることができるでしょうか?

今後, ますます性の自由度が高まり, 年下の男性との恋愛にのめり込むことが多くなるはずの日本の女性にぜひとも読んでいただきたい1冊です。

現在の視点

未来予想に留まらない文学作品としての味わい

ジッドは, コレットに宛てた私信を, 自分こそはコレットに賛辞を寄せる可能性の最も少ない作家のはずだと書き出し, 『シェリ』には1か所として軟弱なところも陳腐な表現もないと絶賛しています。たしかに, ジッドのいうように, 『シェリ』は, たったひとつのサスペンスに向かってラシーヌ劇のようにまっすぐに進行してゆき, 決定的な大団円を迎えることになりますが, そのラストは何度読み返しても, 感嘆おくあたわざるものです。芳醇なワインを味わうようにして一語一句を熟読玩味したい小説です。

翻訳書ガイド

いま手に入る『シェリ』
・岩波文庫, 工藤庸子訳
・声に出して読む翻訳コレクション,
　工藤庸子訳, 左右社

おさえておきたいフレーズ

Léa sourit de le voir tel qu'elle aimait, révolté puis soumis, mal enchaîné, incapable d'être libre; elle posa une main sur la jeune tête qui secoua impatiemment le joug.

Elle s'ennuyait dans son lit et tremblait légèrement. Soudain un malaise, si vif qu'elle le crut d'abord physique, la souleva, lui tordit la bouche, et lui arracha, avec une respiration rauque, un sanglot et un nom: « Chéri ! »

レアは,自分が大好きなシェリの表情を見て,思わず微笑みを漏らした。それはいったん逆らってはみたものの,すぐに従わざるを得なくなり,鎖で完全に繋がれてはいないが,自由に動きまわることは決してできない若者の表情だった。彼女は片手を若者の顔に置いた。その顔はいらだたしげにくびきを振り払った。

> 冒頭,レアが,自分の好きなシェリのふくれ顔を見たいがために,わざとシェリを挑発して怒らせる場面。

　彼女はベッドの中で苦しみ,軽く震えていた。突然,気分が悪くなった。悪寒があまりに激しいので,最初,肉体的なものが原因だと思った。苦しさのあまり,彼女は身を起こし,唇をゆがめた。しわがれた吐息とともに口から嗚咽が漏れたが,それと同時に,ポロリとひとつの名前がこぼれ出た。《シェリ!》

> 披露宴から逃れるようにして自宅に戻ったレアは,病気だと思ってベッドに駆け込んだが,やがて自分の気分の悪さの原因を知ることとなる。

"Les Enfants Terribles"

『恐るべき子どもたち』

1929年

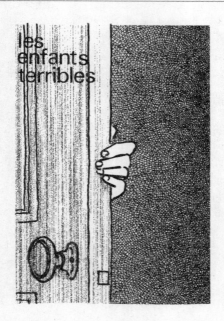

Jean Cocteau

ジャン・コクトー

1889-1963。詩人,小説家,批評家,画家,映画監督と多彩な才能を発揮。自費出版による詩集の発表にはじまり,ピカソやモディリアーニなど画家たちとの交流,六人組作曲家たちとのコンサート活動,さらには『詩人の血』『美女と野獣』などの映画の監督や,『地獄の機械』などの舞台の演出も行っている。小説家としては,本作のほかに『ポトマック』『オルフェ』などがある。

ジャン・コクトー

| あらすじ

アムステルダム通りとクリシー通りに挟まれたモンティエ広場は雪に覆われ，コンドルセ中学校の生徒たちに雪合戦の戦場を提供していた。戦いを指揮していたのは学校の花形ダルジュロス。この悪魔的な生徒を熱愛していたポールという中学2年生は，ダルジュロスから雪の玉を口にぶつけられて，血を流す。さらにもう一発が胸の真ん中に命中し，ポールは倒れる。ポールの親友ジェラールは教頭に，ダルジュロスが雪の中に石を詰めたと告発した。教頭は車を呼んで，ジェラールにポールを自宅まで送るよう命じる。

ポールは病気の母と2歳上の姉エリザベートとともにモンマルトル通りのアパルトマンで暮らしていた。父は愛人をつくり，家に戻ってくるとすぐに肝硬変で死んだ。母親は35歳なのに老婆のように衰え，寝たきりになっていた。しかし，崩壊家庭にもかかわらず，いや，それだからこそ，姉と弟は乱雑な子ども部屋で一心同体で暮らしていた。

医者の診断の結果，胸に異常があると診断されたポールは自宅静養を余儀なくされる。こうして，エリザベートとの遊戯のような生活がより一層濃密なかたちで始まった。2人は子ども部屋の中で，ガラクタのようなオブジェを宝物と見なしたり，幻想世界に「出発」したりして2人きりの世界をつくりあげていった。病気見舞いに訪れたジェラールから，ダルジュロスが退学になったことを聞かされたポールは，学校演劇でラシー

『恐るべき子どもたち』

"Les Enfants Terribles"
『恐るべき子どもたち』／ジャン・コクトー 作

ヌの『アタリー』のヒロインに扮したダルジュロスの写真を姉の承諾を得て宝物の中に加えた。

エリザベートとポールが喧嘩をしている最中に母親が発作を起こして死んだ。母の部屋が空いたにもかかわらず，エリザベートはポールの看病を口実に子ども部屋から出ていこうとはしなかった。2人は，愛するがゆえに常にいがみ合い，傷つけ合って暮らしていた。やがて，ジェラールがポールへの愛ゆえに子ども部屋に加わった。ジェラールの愛の対象はエリザベートへと変わってゆく。

エリザベートが働きたいと言い出したので，ジェラールが知り合いの服飾店につれていくと，売り子ではなくモデルとして採用された。エリザベートはモデル仲間のアガートという身寄りのない女の子と友達になり，家につれてきたが，アガートは子ども部屋に入るなり，ダルジュロスの写真を見て「これ，私の写真！」と叫んだ。それほどにダルジュロスとアガートはよく似ていたのである。こうして，エリザベートとポールにジェラールとアガートが加わって4人となった「子ども部屋」の奇妙な暮らしが続いていく。

講義

"ダルジュロス"と"雪弾"が象徴するもの

　第一次世界大戦前後から1920年代にかけて、フランスの文化がいかに爛熟していたかを示す象徴的な作品が、ジャン・コクトーが1929年に書いたこの『恐るべき子どもたち』です。では、どのような点で文化が「爛熟」していたと言えるのでしょうか?

　それは、個の拡大と家族の紐帯（ちゅうたい）の緩みという現象に表れます。家族の中の成員がそれぞれ自我という名のパイを全部ひとりで食べたいと願うようになったことで、家族が崩壊してゆく過程がはっきりと現れてくるのです。「個の拡大」と「家族の崩壊」の係数こそが社会の爛熟度を示す尺度なのです。

　しかし、いきなりこう言ったのでは何のことかわからない読者が多いでしょうから、作品に即して考えてみることにしましょう。

　冒頭、中学生たちの雪合戦で、主人公のポール少年がダルジュロスの放った2発の雪弾で血を流して雪の上に倒れる場面が出てきます。まず、これが何の象徴であるかを考えなければなりません。

　ダルジュロスは、ホモセクシュアルだったジャン・コクトーが理想とする少年です。絶対的美少年ではあるが、美少女系ではなく、むしろゴツイくらいのアスリート系少年です。そのことは、ジャン・コクトーが小説に添えた挿絵でわかります。次に、ダルジュロスは「神のように残酷」であるということ。コクトーは、神の本質は人間の善意や愛情に応えるのではなく、それ

らとは無関係なところで自らの意志をあらわにすることにあると考えていたようです。つまり、ダルジュロスは「神」ではあっても、「死神」の面を強くもった、旧約聖書およびそれ以前の残忍な神なのです。では、このダルジュロス＝神＝死神の人間世界への介入によって、何が変わってくるのでしょうか？ それは、ポールとエリザベートが幼い頃からつくり上げていた「子ども部屋」が、そのままの状態で保持されるのを可能にしたということです。つまり、ポールがダルジュロスの雪（石）弾を胸にくらって寝ついたことで、姉と弟は永遠に「子ども部屋」から出ていかなくていいということになったのです。

小説全体の心的イメージとなる "壊れた子ども"たちの"子ども部屋"とは

しからば、『恐るべき子どもたち』全編の象徴となっているこの「子ども部屋」というのはいかなるものなのでしょうか？ それは傷ついたポールを家まで送ってきたジェラールの眼を介して描かれます。「この寝室に一瞥を投げた人はおおいに驚くにちがいない。2台のベッドがなければ物置だと思ったことだろう。箱や、下着や、タオルなどが床一面にちらかっている。絨毯は擦り切れて、織糸が見えている。暖炉の真ん中には石膏像が置かれ、インクで眼と髭が描き加えられている。壁一面に雑誌や新聞やプログラムから切り抜いたグラビアが画びょうで留められている。映画スターやボクサーや殺人者の顔だ」

つまり、今でいうところのオタク部屋ないしは「汚部屋」です。生活とか整頓とかいったこととは一切無縁の、子どもが好き勝手に振る舞った結果生まれた乱雑な、だが子どもにとっては掛けがえのない部屋で、これが小説全体の心的イメージ

となっています。

エリザベートとポールの父親は愛人をつくって家を出て、肝硬変になって戻ってくると、看病を強要してピストルを振り回し、病気が治ると愛人のもとに帰り、また病気になって追い出されると家に戻って死んだという、とんでもない人物です。一方、母親はというと、夫に捨てられた腹いせか、子どものケアを放棄して、外に遊びに出掛け、どんな男からも金をせびりとるという、これも完全な人格破綻者です。ひとことでいえば、エリザベートとポールは崩壊家庭に育った「壊れた子ども」たちなのです。

そんな子どもたちにとって、現実から逃避して、夢想に遊ぶことだけが唯一の生きがいとなります。事実、エリザベートは病気の母親の看病は続けていますが、心はそこにあらず、いつも「子ども部屋」にあります。というのも、2人で「出発する」と名付けた夢想遊戯に耽ることが何よりの楽しみだったからです。現在だったら、2人はゲームに没頭しているに違いありません。

"楽園"の住人たちの関係性と崩壊要因のサスペンス性

では、エリザベートとポールは優しく愛し合っているのかというと、実際にはその逆で、いつも幼い自我をぶつけ合い、激しい言葉で相手を傷つけ、愛するのと同じ程度に憎しみ合っていました。つまり、子どものままの関係でいたのです。

この不思議な「楽園」は、しかし、ジェラールのようなまっとうな性格の少年をも強く魅了することになります。ジェラールは、エリザベートとポールの自堕落な生活にあきれながらも魅せられ、自分も「子ども部屋」の住人の1人として加わること

になりますが, それは, 成熟を拒否した「子ども部屋」が, 人間の理想郷の一つであるからなのです。

同じように, 両親がガス自殺した崩壊家庭に育った孤児のアガートも, エリザベートに導かれて「子ども部屋」の住人となります。しかし, このアガートの登場が,「子ども部屋」崩壊の遠因となります。というのも, アガートは驚くほどダルジュロスに似ていたからです。「ポールは, 深紅の薄明かりの中で, ダルジュロスが雪の玉を振りかざす姿をまじまじと見た。そのとたん, 雪の玉と同じ衝撃を胸に受けたような気がした」

このように, 物語は,「子ども部屋」がいつ, いかなることをきっかけにして崩壊するのかというサスペンスを孕みながら進行してゆきます。マイケルという裕福なアメリカ人が現れてエリザベートと結婚したことで,「子ども部屋」が「外部」へと開かれるかに見えますが, マイケルは結婚生活が始まる前に「子ども部屋」の磁力に跳ね飛ばされるように財産だけ残して死んでしまいます。また, アガートのポールへの愛も「子ども部屋」の崩壊を恐れるエリザベートの奸計により, 方向をねじ曲げられてしまいます。

そして, 結局, 決定的な変化要因は, またしても, ダルジュロスという神＝死神からもたらされることになるのです。

現在の視点

21世紀版"子ども部屋"のカタチとは

コクトーの時代には, エリザベートとポールという「選ばれし者」にしか許されていなかった「子ども部屋」への引きこもりが, ごく普通の家庭にも見られるようになってしまった21世

紀。はたして，ダルジュロスという「神＝死神」の「強制介入」はありうるのか？　また，あるとすれば，それはいったいどんなかたちを取りうるのか？　これこそが，現代文学の最大の課題ではないでしょうか？

　この意味では，コクトーは1世紀早く現れた天才といっても決して過言ではないのです。

翻訳書ガイド

いま手に入る『恐るべき子どもたち』
- 岩波文庫，鈴木力衛訳
- 光文社古典新訳文庫，
  中条省平，中条志穂訳
- 角川文庫，東郷青児訳

その他に，萩尾望都がコミック化した
同名の作品が小学館文庫から出ている。

おさえておきたいフレーズ

Un coup le frappe en pleine poitrine. Un coup sombre. Un coup de poing de marbre. Un coup de poing de statue. Sa tête se vide. Il devine Dargelos sur une espèce d'estrade, le bras retombé, stupide, dans un éclairage surnaturel.

C'était le trésor. Trésor impossible à décrire, les objets du tiroir ayant tellement dérivé de leur emploi, s'étant chargés de tels symboles, qu'il n'offrait au profane que le spectacle d'un bric-à-brac de clefs anglaises, de tubes d'aspirine, de bagues d'aluminium et de bigoudis.

雪弾がポールの胸の真ん中を痛撃した。不気味な一撃。大理石の拳骨の一撃。石像の拳による一撃だった。ポールの頭は空っぽになった。彼には，ダルジュロスが演壇のような台の上に立ち，両腕をだらりと垂らした格好で，超自然の明かりに照らされて，茫然と立ちすくんでいるのが見えた。

> 雪合戦で，ポールがダルジュロスの放った雪弾を口に浴び，次に胸に一撃を受けるシーン。

　それは宝石箱だった。ただし，描写するのが不可能な宝石箱だった。引き出しの中のオブジェは完全に実用性を失い，象徴性を帯びていたが，不信心者の眼には，イギリス式のカギやアスピリンのチューブやアルミニウムの指輪やカールクリップといったガラクタにしか見えなかった。

> エリザベートとポールの「子ども部屋」の描写。

『恐るべき子どもたち』

第5章

20世紀文学 II

"La Nausée"

『嘔吐』

1938年

Jean-Paul Sartre

ジャン゠ポール・サルトル

1905-80。シュヴァイツァー博士は母方の祖父。幼くして父を失い、母系の家庭で育つ。戦前のベルリンで現代ドイツ哲学を学び、哲学論文『想像力』を発表。その後、本作を出版し、実存主義文学の旗頭となる。戯曲『蠅』、哲学論文『存在と無』、小説『自由への道』などを精力的に発表する一方、文学者の政治参加にも力を入れた。ボーヴォワールとの自由婚も有名。雑誌『レ・タン・モデルヌ』、日刊紙『リベラシオン』の発刊も行った。

Jean-Paul Sartre

ジャン゠ポール・サルトル

| あらすじ | 発見されたアントワーヌ・ロカンタンの日記という形式を取った一人称小説。

「私」は30歳の裕福な独身者。世界を旅したあと，マリ・アントワネットの宮廷に生きたロルボン侯爵の伝記を書くために大西洋に面した港町ブーヴィルに滞在し，資料が保管されている市立図書館に通っている。

ブーヴィルにはとくに知り合いはおらず，行きつけのカフェのマダムと性的関係をもったり，図書館で著者名のアルファベット順に本を読んでいる「独学者」と会話するくらいで，伝記の執筆以外は何もせずに1か月を過ごすが，ブーヴィルに来て以来，何回か不思議な体験をしていると感じたので，日記にはそのときの印象が詳しく記されている。

最初，それは海に向かって水切りをしようとしたときに訪れた。平べったい石を手にもった瞬間，恐怖に似た居心地の悪さを覚えたのだった。それからというもの，図書館の閲覧室のドアノブを握ったとき，また道端の紙を拾おうとしたときにも同じ居心地の悪さを感じる。それは一種の「吐き気」のようなものだった。

しかし，カフェで蓄音機のジャズの音楽に耳を傾けているときには「吐き気」は訪れてこない。

ちょうどその頃，昔の恋人のアニーから「また会いたい」という手紙が届く。アニーは「完璧な瞬間」を実現することだけを

"La Nausée"
『嘔吐』／ジャン゠ポール・サルトル 作

願っている女だった。

　ところが, アニーにパリで会おうと決意し, その前に「独学者」とレストランで会食している最中, また「吐き気」に襲われる。どうやら,「吐き気」は手に触れたものが「存在している」と感じたときにやってくるらしい。予感は, 公園のベンチに腰を下ろしてマロニエの根を見つめているときに的中する。「私」はグロテスクな根を前にして, それがもたらす「吐き気」の因って来たるところ, すなわち「存在」を理解するに至ったのである。

講義

『嘔吐』を理解するためのキーワード

　作品が書かれたときにはわからなかったことが, 時間がたつにつれてわかるようになることがあります。時代が変化して, 作品に追いついたのです。

　実存主義思想のチャンピオンだったジャン=ポール・サルトルの処女作『嘔吐』はまさにこうした作品の典型で, 1938年に発表されてから75年以上経過した現在, 当時はわからなかったロカンタンの「吐き気」の意味が, ごく一般の人にも十分に理解できるものになっているのです。

　実際, 高校2年のとき, 翻訳でこの箇所を読んだ際には, 私は, ロカンタンがなぜ公園のマロニエの根っこを見て「吐き気」を感じ, そこにむきだしの「実在」を見たのか, さっぱりわかりませんでした。

　しかし, ヴァーチャル・リアリティが現実をはるかに超えて人々の脳髄を支配するに至った現在の日本においては, マロニエのグロテスクな根っこを見たら「吐き気」を覚えると答える人がたくさんいるにちがいないと思うのです。

　さて, 私は何を言おうとしているのでしょうか?

　『嘔吐』は,「言葉」という「原ヴァーチャル・リアリティ」によって脳を完全制圧された少年サルトルが, 大きくなってから, 言葉の由来した本家本元の「マロニエの根」という「実在」を初めて間近に見たときの体験, つまり「未知との遭遇」の物語であったと理解すべきだということです。

　それは, たとえてみれば, テレビやインターネットだけで

AKB48を知って熱中していたオタク少年が秋葉原に出掛け，AKB48のだれかの素肌をじかに見てしまったがために大きなショックを受けるという反応に近いものなのです。

そう，サルトルこそは，ヴァーチャル・リアリティに入れあげて現実をほとんど知らない元祖オタク，元祖引きこもりであると見なしてさしつかえないのです。

偏食家サルトルが抱いた本能的な恐怖

そのことは，サルトルの自伝である『言葉』を読めばよくわかります。

サルトルは，エクトール・マロの『家なき子』を繰り返し読むことでアルファベットと言葉を覚えたと回想していますが，このことから明らかなように，現実の事物ではなく，まず「言葉」から入った少年だったのです。

サルトルの育った環境もまた極端に人工的なものでした。母方の祖父にシュヴァイツァー博士をもつという大ブルジョワの一族の中で，早くに父を亡くしたために，母と祖母に真綿に包まれるようにして育てられたサルトルは極端に偏食の多い少年となり，その傾向は大人になっても変わりませんでした。

たとえば，ハム・ソーセージの類いはもとのかたちがわからないから口にできるが，魚はかたちがそのままだからダメであるとか，あるいは，生のものは，フランス人が大好きなカキはもちろんのこと，サラダでさえ食べなかった，とボーヴォワールが証言しています。

そのため，日本を訪れて，無理やりに刺身を勧められて試食したときには，礼儀から口にはしたものの，すぐにトイレに立って全部吐いてしまったと告白しています。

とりわけ，サルトルが恐れたのはエビ，カニといった甲殻類

でした。その恐怖は、もし私たちが本物のエイリアンを間近に見たとしたら感じるであろう生理的な嫌悪に根差していました。

こうしたエビ、カニなどの甲殻類に対する本能的な恐怖感は『嘔吐』のいたるところに表れています。たとえば、冒頭にロカンタンが子どものときにリュクサンブール公園で遊んだときのことを回想する場面が出てきますが、そこでロカンタンたち少年が守衛のロベールに対して抱いた恐怖は、ロベールが頭の中に「カニやエビのような考えをつくり上げている」のが察知されたことから来ていると説明されています。これなど、エビやカニが「不気味なもの」「わけがわからないが気持ちの悪いもの」であるというサルトルの恐怖だけが伝わってくる不思議な比喩としかいいようがありません。

サルトルと"元祖オタク"ロカンタン

また、ロカンタンは、一応、世界中を旅したことのある人間という設定になってはいますが、実際には、書物の中の旅しか愛せなかった超ヴァーチャル人間のサルトル自身の分身そのものであり、また、「マロニエの根」も、言葉が消えると同時におのれの「実在」を強く主張し始める「生もの」、すなわち、「吐き気」をもよおさせる「エビやカニ」に近いエイリアン的な物体と見なされているのです。

こうした観点から、ロカンタンを元祖オタク、元祖引きこもりと捉えると、彼が独身の三十男であり、物語に登場する「独学者」も少年愛の傾向のある独身者であり、またロカンタンが研究の対象にしているロルボン侯爵も独身であり、サルトル自身もまたボーヴォワールを生涯のパートナーとはしたものの、結婚は断固拒否して子どもをつくることを拒否した「永遠の独身

者」であったことの意味が見えてくるのではないでしょうか？

『嘔吐』とは、現代文明が進歩の果てに行き着いた「全員がオタクの独身者」からなる恐怖のアンチ・ユートピア世界を78年前に予感したある種の「SF作品」であるということができるのです。

現在の視点

逆転の発想で"傑作"研究を

文学者を人格者と見る理想主義的な観点は捨てて、むしろ、欠陥だらけのダメ人間だからこそ文学に向かい、傑作が書けたのだという逆転の発想を採用すると、途端に、つまらなそうだった作品がおもしろく読めるようになることがあります。

この意味では、どんな文学者が対象であっても、伝記研究や自伝というものを軽視してはならないのです。

そして、そのときに注目すべきことは、作家の変人度です。というのも、「過去の変人は現代の凡人」という定理（私がつくったもの！）からいって、その作家が変人であればあるほど、未来（つまり、現代のこと）を予測する能力に富んだエスパーであったというケースが少なくないからです。

『嘔吐』を始めとするサルトルの作品を、実存主義の主張の絵解きとしてでなく、現代的オタク論的観点から再検討する時期が来ているのではないでしょうか？

翻訳書ガイド

いま手に入る『嘔吐』
・新訳, 鈴木道彦訳, 人文書院

おさえておきたいフレーズ

Donc j'étais tout à l'heure au Jardin public. La racine du marronnier s'enfonçait dans la terre, juste au-dessous de mon banc. Je ne me rappelais plus que c'était une racine. Les mots s'étaient évanouis et, avec eux, la signification des choses, leurs modes d'emploi, les faibles repères que les hommes ont tracés à leur surface.(...)

Et puis voilà : tout d'un coup, c'était là, c'était clair comme le jour : l'existence s'était soudain dévoilée. Elle avait perdu son allure inoffensive de catégorie abstraite : c'était la pâte même des choses, cette racine était pétrie dans de l'existence.

というわけで、私はついさっきまで公園にいた。腰掛けているベンチの真下で、マロニエの根が地面に突き刺さっていた。私は、それが根であることを思い出せなくなっていた。言葉は消え去り、それとともに、事物の意味も、その使用法も、人間が事物の表面の上に残したかすかな目印も消えていた。(中略)と、突然、存在はそこにあった。それは昼間のように明白だった。存在が唐突にベールを脱いだのだ。それは抽象的カテゴリーの無害な様相を失っていた。事物のペーストそのものだった。その根は存在の中でこねあげられていたのである。

> ロカンタンがマロニエの木の根を前にして、不意に「存在」の本質を把握する場面である。

『嘔吐』

"L'Etranger"

『異邦人』

1942年

Albert Camus

アルベール・カミュ

1913-60。フランス領アルジェリア出身。ジャーナリストとして活動するなか、第二次世界大戦中に刊行された本作は、『シーシュポスの神話』とともに同世代の共感を呼んだ。その後も『ペスト』『転落』『追放と王国』といった小説を発表する一方、『反抗的人間』を刊行するが、交通事故で急死。1957年、ノーベル文学賞受賞。

Albert Camus

アルベール・カミュ

| あらすじ | 「今日, ママンが死んだ。ことによると, 昨日かもしれない。よくわからない」 |

　語り手の「私」(ムルソー)はアルジェの商社で働く平凡なサラリーマン。母と2人暮らしだったが, 介護が負担になったので, 母をアルジェから80キロ離れたマランゴの養老院に入れた。その養老院から母が亡くなったという知らせが届いたのである。社長に2日間の休暇を願い出て, 「私」はバスに乗り, 養老院に着いた。

　通された霊安室では, 門衛から遺体と対面する意思はあるかと尋ねられたが, その必要はないと答えた。門衛がカフェ・オ・レを運んできたので, 「私」はそれを飲み, 門衛にたばこを勧めて一緒にくゆらせた。疲労困憊(こんぱい)していたこともあり, 「私」は通夜のあいだに眠ってしまった。翌日, 院長から最後の別れをするかと尋ねられたので, 「私」は「いいえ」と答えた。墓地まで柩(ひつぎ)が運ばれるあいだ, 葬儀屋から母の歳を尋ねられたが, あいまいな答えを返した。結局, 通夜でも葬儀でも「私」は一度も涙を見せることがなかった。

　葬儀から帰った翌日, 海水浴場に行くと, 旧知のマリーと再会したので一緒に泳いでから映画を見に行き, アパルトマンに戻ってマリーとベッドをともにした。

　月曜から出社して働き, 帰宅しようとしたとき, 同じ階に住むレーモンという男に会い, 親しい間柄になった。レーモン

『異邦人』 213

"L'Etranger"
『異邦人』／アルベール・カミュ 作

はアラブ人の情婦と諍(いさか)いを起こし, 情婦の兄の一味から命を狙われているようだった。それからしばらくして, レーモンは「私」の会社に電話をかけてきて, 海浜別荘をもつ友人がいるので, 日曜日に一緒に遊びにいかないかと誘った。

その日の晩, マリーがアパルトマンに来て, 自分と結婚したいのかと尋ねたので, 「私」はどちらでもいいが, マリーがそう望むなら結婚してもかまわないと答えた。すると, マリーは「あなたは私を愛しているのか?」と問い詰めたので, 「私」は「それには何の意味もないが, おそらくは愛していないだろう」と答えた。

日曜日, 「私」とマリーはレーモンと一緒に別荘を訪れ, 休日を満喫したが, 途中から, 跡を追ってきたアラブ人の一団と喧嘩となり, 睨(にら)み合いが続いたので, 「私」はレーモンが殺人を犯さないようピストルを預かった。ギラギラと光る太陽のもとで散歩に出た「私」は, 海辺でレーモンの喧嘩相手のアラブ人と遭遇した。相手のナイフに反射した太陽光線の刃が「私」の眼を抉(えぐ)った瞬間, 「私」は引き金を引き, 身動きしなくなった体にさらに4発の銃弾を撃ち込んだ。それは不幸の扉を叩いたノックの音に似ていた。こうして, 「私」は裁判という究極の「理不尽」と直面することになるのである。

講義

『異邦人』が発表された時代

　文学作品には、発表当時、大きな衝撃を与えながら、あとになってみると、なんでみなが衝撃を受けたのかわからなくなる作品と、その反対に、時代が更新されるごとに、新たな衝撃をもって読者を襲う作品とがあります。

　カミュの『異邦人』は、戦後の冷戦構造が解体したあと、一時期、前者の典型のような作品と見なされたことがありましたが、そこからさらに時間が経過し、21世紀に入るや否や、ふたたび衝撃的な作品として新しい世代に迎えられるようになりました。衝撃は見事に更新されたのです。

　『異邦人』が書きあげられたのは第二次世界大戦最中の1940年5月のことです（発表は1942年）。1939年にナチス・ドイツのポーランド侵攻によって始まった第二次世界大戦は、西部戦線に関する限り、宣戦が布告されながら戦闘がない「奇妙な戦争」と呼ばれる状態が続いていました。フランスはマジノ線と呼ばれる城壁があるのでドイツ軍は入ってこれないと安心していたのですが、ドイツ軍はマジノ線を迂回してベルギーに侵攻したため、フランスはたいした反撃もせずに休戦条約を結ぶはめになってしまったのです。

「私」が感じた"不条理"とは

　『異邦人』はフランス本土とは地中海を隔てたアルジェリアが舞台となっていることもあり、こうした緊迫した国際情勢にはいっさい触れられていませんが、しかし、そこで語られてい

『異邦人』　215

る不条理(absurdité)はたしかに時代を反映しています。

それは「あらすじ」では触れなかった「第二部」の展開に典型的に表れています。「第二部」には殺人容疑で逮捕された「私」(ムルソー)が，重罪裁判所でも予想だにしていなかった質問を受けたり証人尋問に立ち会ったりするうちに次第にいらだちを募らせていく過程が描かれています。

たとえば，この裁判で問題とされたのは，「私」による無動機の殺人(理由はナイフに反射した太陽の光に眼を挟られたから)よりも，「私」が母を養老院に入れたこと，葬儀中1回も涙を流さなかったこと，母の遺体を見ようともしなかったこと，通夜の際にカフェ・オ・レを飲んでたばこをくゆらせたこと，亡くなった母の年齢を尋ねられても答えられなかったこと，そして，葬儀から帰った翌日に海水浴に行き，マリと戯れ，ベッドをともにしたことなのです。つまり，実の母親が亡くなったら，悲嘆にくれた涙を流し，遺体にとりすがって別れを惜しみ，思い出にふけらなければならないという「喪の規範」に従わなかったために，共同体から有罪を宣告される運命にあったということなのです。

もちろん，カミュが寓意したかったのは，何もこうした旧弊な共同体の倫理だけではありません。現代の共同体(ファシズム体制，反ファシズム体制，共産主義体制など)にも犯してはならない不文律があり，それを侵犯した場合には共同体から排除されることを覚悟しなければならないという理不尽も断罪の対象だったのです。

「私」のつぶやきがキーワード。
現代の感覚は"異邦人"から"同胞"へ……

しかし，こうした理不尽への告発は，いまから振り返ってみ

ると,『異邦人』が本当に訴えようとしたことではなかったのだろうと察しがつきます。

『異邦人』で真に重要なこと,それは,むしろ,「私」がしばしば,重要なポイントでつぶやく次のようなセリフにこめられていました。

> 「今度はたばこが吸いたくなった。だが,私は躊躇した。ママンの遺体の前でたばこを吸っていいのか判断がつかなかったからだ。よく考えたが,結局,そんなことはどうでもいいことだった」
> 「(社長からパリへの転勤を打診されて)私は,その話に異存はないが,しかし,じつをいうと,パリに赴任するもしないも,どちらでも同じことだと答えた」
> 「(マリに愛しているのかと尋ねられて)それには何の意味もないが,おそらくは愛していないだろう」

では,なぜこれらの「どうでもいいことだった」「どちらでも同じことだ」「それには何の意味もない」というセリフが重要なのでしょうか?

それは,母親の死,転勤,恋愛・結婚といった,普通の人なら実生活の区切りになるような重大な人生の出来事において「私」がこのようにつぶやくことが当時は異常と見なされて大いに論じられたにもかかわらず(つまり,ムルソーは周囲から完全に浮いた「異邦人」だったにもかかわらず),今日では,ムルソーはさして異常な人とは感じられないようになってしまったからです。

そうなのです。私たちは,今日,本来なら最大限の関心と注意をもって臨まなければならないはずのこれらの人生のイベ

ントを前にしても,「面倒くさいから,どうでもいいよ。どっちにしろ同じことだ。たいした意味はない」というセリフを平気で吐けるまでに「成熟」し,人生において重要なことは何もないと感じるまでに「高度に文明化して」いるのです。かつてムルソーは世界でたった1人の異邦人でしたが,いまや,世界の至るところに100万人のムルソーが存在し,万事につけ「面倒くさいから,どうでもいい,どっちにしろ同じことだ。第一,何の意味もない」とつぶやいているのです。もはやムルソーは異邦人どころか,「わが100万人の同胞」のひとりとなっているのです。

このような意味において『異邦人』は,今日の平凡を予見した,過去の「例外的」な作品と呼ぶことができるのです。

現在の視点

カミュのニーチェ的側面に注目を

「私」(ムルソー)の「どうでもいい」「どちらでも同じことだ」「何の意味もない」といったセリフは,世にいうところのニヒリズム(虚無主義)でしょうか,それともニーチェのいうような積極的ニヒリズム(人生には何の意味もないからこそ,逆に,一瞬一瞬を充実して生きようという主張)でしょうか? 『異邦人』のところどころに登場する,太陽,光,青空,海といった自然への強烈な憧れを見ると,ムルソーは後者の積極的ニヒリストのひとりかもしれないと思いますが,しかし,積極的ニヒリズムを実践するニーチェの「超人」とは少し違っているようにも見えます。いずれにしろ,カミュのもうひとつの代表作『ペスト』(1947年)を読むと,両者がきわめて近いところにいること

だけはわかります。時代を超えて生きるカミュのニーチェ的側面に注目してみるのもポイントかもしれません。

翻訳書ガイド

いま手に入る『異邦人』
・新潮文庫, 窪田啓作訳
・集英社ギャラリー
　世界の文学(9) フランス4,
　窪田啓作訳

その他に,
・『対訳　フランス語で読もう「異邦人」』
　第三書房, 柳沢文昭訳注
・金原瑞人My Favorites
　『異邦人　The Stranger』青灯社
などもある。

おさえておきたいフレーズ

Aujourd'hui, maman est morte. Ou peut-être hier, je ne sais pas. J'ai reçu un télégramme de l'asile : « Mère décédée. Enterrement demain. Sentiments distingués. » Cela ne veut rien dire. C'était peut-être hier.

J'ai eu alors envie de fumer. Mais j'ai hésité parce que je ne sais pas si je pouvais le faire devant maman. J'ai réfléchi, cela n'avait aucune importance. J'ai offert une cigarette au concierge et nous avons fumé.

Tout mon être s'est tendu et j'ai crispé ma main sur le revolver. La gâchette a cédé, j'ai touché le ventre poli de la crosse et c'est là, dans le bruit à la fois sec et assourdissant, que tout a commencé.

今日, ママンが死んだ。ことによると, 昨日かもしれない。よくわからない。養老院から「ゴボドウセイキョ。アス, マイソウ。ケイグ」という電報を受け取った。これでは何も言ってないに等しい。たぶん, 死んだのは昨日のことなのだろう。

(霊安室で, 門衛から勧められたカフェ・オ・レを飲むと) 今度はたばこが吸いたくなった。だが, 私は躊躇した。ママンの遺体の前でたばこを吸っていいのかわからなかったからだ。私は考えた。いや, どうでもいいことなのだ。私はたばこを1本門衛に勧め, 一緒にたばこをくゆらせた。

体全体が緊張した。私はピストルを固く握りしめた。引き金が引かれた。銃尾の滑らかな感触を得た。そして, このとき, 乾いた, だが, 耳を聾する音とともにすべてが始まったのだった。

『異邦人』

"Le Petit Prince"

『プティ・プランス(星の王子さま)』

1943年

Antoine de Saint-Exupéry

アントワーヌ・ド・サン゠テグジュペリ

1900-44。陸軍のパイロットを志願するが、果たせず、郵便輸送パイロットとして南米航空路などの開拓に携わった。第二次世界大戦に志願し、地中海コルシカ島沖で偵察飛行中に撃墜された。民間パイロットとしての体験をもとにした『南方郵便機』や『夜間飛行』、『人間の土地』、『戦う操縦士』などの行動主義文学作品で知られる。

アントワーヌ・ド・サン゠テグジュペリ

| あらすじ | 語り手の「私」は6歳のとき，読んでいた本をヒントにして，大蛇が獲物を丸呑みした絵を描いたが，大人が怖
がってくれなかったのでショックを受けた。以後，大人になることを拒否して，飛行機乗りとして，独りで生きる道を選んだ。大きな転機が訪れたのは6年前に，飛行機の故障でサハラ砂漠に不時着したときのことだった。どこからともなく現れた1人の少年にヒツジの絵を描いてやると，プティ・プランス（小さな王子）のようなその少年は不思議な来歴を語り始めたのだ。

故郷は小さな惑星だったので，バオバブの根で星が破壊されないように，プティ・プランスは毎日，根を引き抜いてやらなければならなかった。あるとき，バラが花を咲かせた。美しい花だったが，傲慢なうえに要求が厳しかったので，プティ・プランスはついに音を上げ，渡り鳥たちの移動に乗じて故郷の星を脱出してしまった。

最初にたどり着いた小惑星には王様が1人で住んでいた。王様は家来ができたと喜び，いろいろと命令を下したが，権威が守られることが第一だったので，家来が従えないような命令は絶対に出さなかった。二番目の星にはうぬぼれ屋が住んでいて，プティ・プランスに喝采を要求し，喝采されるたびにおじぎして，被っていた帽子を落としては喜んでいた。三番目の星にいたのは酒飲みだった。酒飲みは酒を飲む恥ずかしさを忘れるために酒を飲み続けているのだった。四番目の星に

『プティ・プランス（星の王子さま）』

"Le Petit Prince"

『プティ・プランス(星の王子さま)』
/アントワーヌ・ド・サン゠テグジュペリ 作

は実業家がいて、星の数をずっと勘定していた。星を「所有」して、その数を記載した紙切れを引きだしに収めて鍵をかけるためだった。五番目の星に住んでいたのはガス灯の点灯夫だった。惑星は小さかったので、点灯夫は点灯と消灯を永遠に繰り返していた。プティ・プランスは人のために汗水たらしている点灯夫の友達になってもいいと思ったが、星が狭すぎるので次の星に移ることにした。

六番目の星は十倍大きな星で、地理学者が部屋から一歩も出ず、探検家たちが集めてきた資料をもとに本を書いていた。プティ・プランスが惑星の山や川がいくつあるかと尋ねても、地理学者は答えることはできない。分担が違うからだと答えた。プティ・プランスが遠い惑星から来たと知ると、探検家だと思っていろいろと問いただした。プティ・プランスは置き去りにしてきたバラを思い出して後悔を感じたが、気を取り直して、次にどんな星を訪れたらいいか尋ねてみた。地球を勧められたので、地球に行くことにした。

地球では、最初ヘビに会い、次に、5000本のバラに会い、三番目にキツネに出会って、「飼い馴らす」ということを教えられたのだった。

そして、こうしてプティ・プランスと砂漠で会った「私」は……。

講義

キツネが発するキーワード《apprivoiser》を考える

　長い間, いまひとつわからなかったことが「わかった！」と感じる瞬間は本当に気持ちのいいものです。モヤモヤと垂れ込めていた雲が突然消え, 遠く「蒼穹の果て」まで見通せたような感覚になります。アントワーヌ・ド・サン゠テグジュペリの《Le Petit Prince》(最も人口に膾炙した題名は『星の王子さま』ですが, ここでは『プティ・プランス』とします)はこの好例ではないでしょうか？

　そう, 私はこれまで『プティ・プランス』の一番肝心な部分が理解できていなかったのです。理由のひとつはキツネがプティ・プランスに教える有名な言葉「ものをちゃんと見るんだったら心を使うしかないということさ。大切なものは目には見えないんだ」が, なんだか道徳家くさくて, いやだなと感じていたためです。

　第二は, キツネが発するキーワード《apprivoiser 飼い馴らす》の意味がどうもわからなかったことです。キツネはこれを《créer des liens》, つまり「きずな (関係) をつくりだす」と言っていますが, この言い換えの真意もいまひとつ理解できませんでした。

　ところがなんとしたことでしょう。この歳になって, ようやくわかったのです。それもさんざんほかの本を読んだあげく, 『プティ・プランス』に回帰することで。

　最近, 人類学の大きなテーマとなっているのは, 人類が, サ

ルから進化する過程で,どうやって,見知らぬ相手を信用するに至ったかという謎です。人類の親戚のチンパンジーは見知らぬチンパンジーを絶対に信用せず,群れ同士が出会うと殺し合いになるからです。この謎はなかなか解明できませんが,しかし,この「相手を信用する」という最大の難関を人類がクリアーしたことで物々交換も貨幣経済も分業も可能になり,やがて現代のような文明が築かれていったことだけは明らかなのです。

人類特有の「匿名性の原則」とは

　しかし,ここでまた「振り出しに戻る」式の問題が発生しました。それは,警戒心の強いサルであることをやめた人類が,物々交換,貨幣経済,分業というステップのあとに,より効率を高めるために「匿名性の原則」をつくりだしたことで逆に窮地に陥ったことです。では「匿名性の原則」とは何でしょう。

　私たちは,毎日,コンビニで買い物をしますが,コンビニの店員や店主と私たちはお互いに知らない同士と「いうことになって」います。つまり,都市には10万人の人間がいても10万人の「赤の他人」として振る舞わなければならないのです。そうしておいたほうが社会が合理的に動いていくことがわかっているからです。人間は,信頼関係をもとに文明社会をつくりあげましたが,その文明社会をさらに円滑に無駄なく動かしていくためには「匿名性の原則」が不可欠だと悟ったのです。

　プティ・プランスが七番目の惑星である地球に舞い降りて発見したのも,この「匿名性の原則」にほかなりません。

　まず,プティ・プランスは地球には5000本のバラが咲いているのを発見しますが,そのバラは美しいけれど,みんな空虚なのです。ついで,キツネと知り合って,友達になってくれと頼み

ますが、キツネからこんなふうに言われてしまいます。

「君はぼくにとって、10万人の小さな男の子とそっくりの1人の小さな男の子でしかない。だから、ぼくは君を必要としていない。同じように、君もぼくを必要としていない。ぼくは10万匹のキツネとそっくりの1匹のキツネでしかない。でも、君がぼくを飼い馴らすなら、ぼくたちはおたがいに必要な相手となる。君はぼくにとってこの世で1人だけの人間になる。ぼくは君にとって、この世で1匹だけのキツネに……」

これを読んだとき、私は「そうか!」と思いました。10万人の男の子と10万匹のキツネは「匿名性の原則」で動いており、永遠の他人同士でしかない。つまり「匿名性の原則」が支配しているのだ。これを打ち破るには「飼い馴らす」しかない。これだけが、「匿名性の原則」から脱する方法だとサン゠テグジュペリは主張しているのです。

「飼い馴らす」の本当の意味

では、この「飼い馴らす」の本当の意味はなんなのでしょうか? 語義の定義に優れた『白水社ラルース仏和辞典』は「調教・訓練するという意味は含まず、また家畜にするわけではない」と解説し、派生的な意味として「内気・粗野なものをなじませる、手なずける」を挙げていますが、サン゠テグジュペリがこの動詞に与えているのはこれよりももっと深い意味のようです。キツネの言葉に耳を傾けてみましょう。

「《人間たちは商店で出来合いのものを買うことができる。でも、友達を売っている商店というのはない。だから人間

たちには友達をもつ手段はないんだ。もし君が友達がほしかったら、ぼくを飼い馴らしてごらん》
《どうすればいいの?》とプティ・プランスは言いました。
《まず君はぼくから少し離れたところに座るようにする。そう、そんなふうに草の中にね。ぼくは横目でチラッと君を見る。でも、君は何も言っちゃあいけない。言葉というのは誤解の元だからね。で、毎日、少しずつ君は近くに座る……》
次の日、プティ・プランスはまたやって来ました。
《どうせなら同じ時間に来たほうがよかったのにね》とキツネは言いました。《たとえばだよ、もし君が午後の4時に来ることになっているとする。ぼくは3時にはもう幸せな気持ちになっている。時間がたつにつれて、もっと幸せに感じるだろう。4時になったら、もう、居ても立ってもいられなくなって、そわそわし始めて、幸せというものの価値がわかるはずだ。でも、君が適当な時間にふらりと現れたりしたら、何時から心の準備をしたらいいかわからないだろうな……。そう、式次第ってものが必要なんだよ》」

さて、これで少しはおわかりいただけたでしょうか? キツネが「飼い馴らす」ための《rite 式次第》と呼んでいるのは、具体的にいえば、「飼い馴らして」友達になりたいと思う人と同一空間・同一時間に、あえて言葉は交わさずに「一緒にいる」ことのようです。いわれてみれば、友情も恋心もこうした「式次第」を経たあとに芽生えてくるのではないでしょうか? そんなとき、大切なものは目に見えないけれど、確実に「感じられる」ものなのです。

現在の視点

「飼い馴らし」が成功した"あと"のこと

『プティ・プランス』の偉大なところは、「飼い馴らし」に成功して、友達や恋人ができた「あと」のこともちゃんと書いてあることです。すなわち、たとえ別れがやってきたとしても、その人の思い出によって、世界は美しく、好ましいものになるはずだというのです。キツネは麦畑を指して、ぼくはパンを食べないから、いまは麦畑を見たって何も感じない。でも、君がぼくを飼い馴らしてくれたなら、君は金色の髪をしているから、小麦を見れば君を思い出し、麦畑に吹く風だって好きになるだろうと語ります。そう、飼い馴らした人がだれもいない人間よりも、飼い馴らした人が1人でもいる人間のほうが、「世界」を美しく眺めることができるのです。

翻訳書ガイド

いま手に入る『星の王子さま』
・新潮文庫, 河野万里子訳
・集英社文庫, 池澤夏樹訳
・角川文庫, 菅啓次郎訳
・宝島社文庫, 倉橋由美子訳
・平凡社ライブラリー, 稲垣直樹訳

おさえておきたいフレーズ

―― Qu'est-ce que signifie « apprivoiser » ?
―― C'est une chose trop oubliée, dit le renard. Ça signifie « créer des liens... »

―― Adieu, dit le renard. Voici mon secret. Il est très simple: on ne voit bien qu'avec le cœur. L'essentiel est invisible pour les yeux.

「『飼い馴らす』ってどんな意味なの?」
「いまじゃあ,すっかりなおざりにされてることだよ」とキツネは言いました。「それはね,『きずなを結ぶ』ってことさ」

> 友達になってくれと頼むプティ・プランスに,キツネが,ぼくは君にapprivoiseされていないからダメと答えたので,プティ・プランスがその意味を尋ねる場面。

「それじゃあ,ぼくの秘訣を教えよう。じつに簡単なことだ。ものをちゃんと見るんだったら心を使うしかないということさ。大切なものは目には見えないんだ」

> 別れに際して,キツネがプティ・プランスに贈り物として伝えた言葉。

『プティ・プランス(星の王子さま)』

"Le Passe-Muraille"

『壁抜け男』
1943年

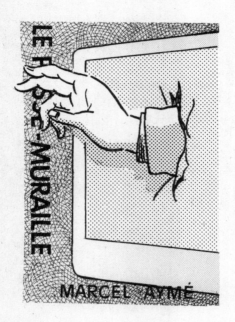

Marcel Aymé

マルセル・エーメ

1902-67。20歳ころパリに出て,医学を志し新聞記者,銀行員など様々な職業を転々とするも学業,仕事ともに挫折する。故郷に戻り,小説の執筆を始める。不条理な設定のもと,風刺の効いた『緑の牝馬』などの作品で特異な短編作家として注目を集める。『おにごっこ物語』で現代のラ・フォンテーヌと賞賛される。

Marcel Aymé

マルセル・エーメ

| あらすじ | デュティユールはモンマルトルに住む冴えない独身の中年男。登記庁の小役人で，鼻眼鏡に黒い山羊髭，いつも山高帽をかぶって乗合バスか徒歩で役所に通っていた。

デュティユールが自分の特異な能力に気づいたのは43歳のときだった。アパルトマンから出ようとして，玄関で停電に遭ったので，壁を手探りしていたところ，いつのまにやら踊り場に出ていたのだった。

しかし，そのときには，この不思議な壁抜け能力を使って何かをしようとは思わなかった。能力を乱用するようになったのは，新しい次長からパワハラを受け，隣の物置部屋に追いやられてからだった。

ある日のこと，次長から不手際を罵られ，罵詈雑言を浴びせられたので，さすがのデュティユールも堪忍袋の緒が切れた。顔だけ隣の部屋に壁抜けして，剝製の鹿の上から顔をのぞかせると，仰天している次長に向かって「馬鹿，間抜け」と嘲ってやったのだ。激昂した次長が部屋に飛び込んできたときには，デュティユールは何食わぬ顔で机に向かって仕事していた。こうしたことを毎日何度も繰り返したところ，次長はついに精神に異常をきたし，病院に収容されてしまった。

この達成感に味をしめたデュティユールは壁抜け能力をまたどこかで使ってみたいと思うようになった。ひまつぶしに新聞を読んでいたら，三面記事の窃盗事件が目にとまったの

"Le Passe-Muraille"
『壁抜け男』／マルセル・エーメ 作

で, さっそく能力を行使することにした。こうして怪盗「狼男」が誕生した。パリ中の銀行や宝石商の金庫がいとも簡単に破られたことでマスコミが大騒ぎし, 民衆は「狼男」にやんやの喝采を送った。警察の面目は丸つぶれとなり, 内務大臣が解任され, 巻き添えで登記庁の長官も更迭された。

　デュティユールはフランス一の大金持ちになったが, 少しも楽しくなかった。あるとき, 「狼男」は自分だと同僚に打ち明けてみたが, 返ってきたのは嘲笑だけだった。そこで, デュティユールは宝石店でわざと逮捕されることにした。新聞の一面に大きく顔写真が出たら, 同僚たちも狼男は自分だとわかるだろうと思ったのだ。デュティユールはサンテ刑務所に収監されたが, たちまち脱走し, 民衆の喝采を浴びながら, また逮捕された。

　こんなふうに神出鬼没の怪盗になったにもかかわらず, いっこうに心楽しめないデュティユールだったが, ある偶然でブロンドの美女に恋したことから, 運命が一転する……。

講義

無欲な中年男性の心理的な演繹(えんえき)により叙述される"イフ小説"

　ミュージカルとなって日本でも親しまれるようになったこの『壁抜け男』にしろ,『第二の顔』にしろ,マルセル・エーメの小説はSFやファンタジーというよりも「イフ小説」と名付けるのが最も適切ではないかと思われます。つまり,「もし,……だったら」と仮定し,その仮定が現実に起こってしまった場合のことを,かなり厳密な心理的演繹によって叙述していくという方法です。

　たとえば,『壁抜け男』は,もしひとりの中年男に壁抜け能力が備わってしまったらという仮定で物語が始まりますが,興味深いのは,もともと欲望というものが薄かった主人公のデュティユールには,最初,この能力を使って何かをしてみたいという気持ちが起きなかったことです。

　ところが,新任の次長からパワハラを受けたことから,淡泊だったデュティユールの心の中に強烈な復讐心が起こります。とくに,手紙の書き方を巡って次長に面罵(めんば)され,丸めた手紙を顔面に投げ付けられたことから,突然,強烈な自尊心の高ぶりを覚えて,復讐心に燃え立ったのです。「一寸の虫」にも「五分の自尊心」というものでしょう。

　その結果,デュティユールは壁抜け能力をフルに使って次長を狂気にまで追い込みますが,すると,デュティユールの心には何ごとかを成し遂げたという「達成感」が生まれたのです。それは明らかにマイナス・ベクトルの達成感でしたが,目標

を成し遂げた自己実現的な達成感であったことに変わりはありません。

掲げる目標がないときに "自己実現"として追い求めるもの

では，この自己実現の願望を何に向けたらいいのでしょう？ 残念ながら，デュティユールにはその願望を向けるべき目標というものがありませんでした。

そこで，新聞の三面記事を参考に，銀行や宝石店に侵入して金品を奪う「怪盗」になることを決意し，当時の大衆小説のヒーローにならって「狼男Garou-Garou」と名乗ったのです。しかし，もとより，金を使う喜びと無縁だったデュティユールにとって，いくら金がたまっても少しもうれしくありません。心の底から満足感を覚えるのは，人々やマスコミが「狼男はすごい，超人で天才だ！」と絶賛するその言葉に耳を傾けるときでした。そうした瞬間にこそ，自己実現の喜びを感じたのです。

こうした心理は，電子媒体におけるハッカーやサイバー攻撃犯に通じるものです。そう，ハッカーやサイバー攻撃犯は電子媒体という「壁」を擦り抜けてゆく「壁抜け男」にほかならないのです。彼らは，狙った標的に到達するために，さまざまな困難をクリアーしていくことに喜びを覚えるという点では，デュティユールの現代版なのです。

また，デュティユールが盗み出した金や宝石それ自体にはなんの喜びも感じなかったように，ハッカーたちはハッキングで盗み出した情報そのものには興味がないのです。ハッキングされた被害者が騒ぎ立て，マスコミが大々的にそれを報じることだけが生きがいなのですから。

これは，パスカルが『パンセ』の中で，人はモノを追求するの

ではなく,モノの追求を追求するのだと述べていることと通じています。つまり,困難を克服するという達成感が大事で,何を得るかはじつはどうでもいいのです。

達成感だけでは満たされない!?
人間の自己認知願望"ドーダ理論"

しかし,『壁抜け男』は,こうしたことよりももっと大きなことの暗喩になっています。新聞が大騒ぎし,役所の同僚がいくら「狼男はすごい」と賛嘆しても,その賛辞が現実の自分と結び付かないことにデュティユールがいらだちを覚えたのです。その結果,デュティユールは「狼男」が自分であることを証明するために,わざと宝石店の中で逮捕される道を選びました。

では,これはいったい何の暗喩となっているのでしょうか? 人間には,困難を克服する達成感のほかに,もうひとつ,自分が達成した偉業を人に認めてもらい称賛してほしいという自己認知願望があるということです。それも,近いところにいる人の称賛がほしいのです。これを私は,「ドーダ,すごいだろう,まいったか!」の「ドーダ」を取って「ドーダ理論」と命名しているのですが,同じようにパスカルは次のように述べています。

「いったい,人は何ゆえに玉突きのようなくだらないことに熱中するかとあなたは不思議に思うかもしれない。じつは,翌日,友人たちのあいだで,自分はどこのだれそれよりも上手にプレーしたと自慢したいがためなのだ。同じく,別の人は,だれも解いたことのないような代数の難問を解いたと仲間の学者たちに自慢したいがために書斎にこもって汗水流して問題に取り組むのだ」

さて、これでおわかりいただけたかと思いますが、マルセル・エーメの小説には、どれほど奇抜な設定であったとしても、その本質においてパスカルやラ・ロシュフーコー、あるいはラ・フォンテーヌといった、人間性の本質を問いかけるモラリストの伝統が脈打っているのです。いや、むしろ、奇抜な設定であるがゆえに、逆にモラリスト的本質が理解されやすいということができるでしょう。この意味で、エーメの代表作ともいえる Le contes du chat perché (邦訳題『おにごっこ物語』)が、現代の「ラ・フォンテーヌの寓話」と呼ばれるのも、むべなるかなかもしれません。こちらは、デルフィーヌとマリネットという姉妹が農場の動物たちと繰り広げるユーモア溢れるお話ですので、フランス語中級レベルの読者であればふさわしいテキストとなるはずです。ぜひご一読を。

現在の視点

強烈な「イフ」から読み解く"人間の本質"

　原書の『壁抜け男』は短編集で、表題作のほか9作を収録していますが、どれも強烈な「イフ」から発して物語が始まる短編です。たとえば、『サビーヌたち』は自分をいくらでも増やすことのできる同時遍在能力をもった若い女性の物語ですし、『カード』は、人口増加に伴う食糧難で、老人、退職者、失業者、年金生活者、それに芸術家といった「非生産的な人間たち」に対して、一日一枚の「生存カード」が支給され、そのカードの枚数だけ生存が許される世界を描いた作品です。どれも、奇抜で、そのくせ、人間性というものについて深く考えさせられるモラリスト文学の現代版といえるでしょう。

翻訳書ガイド

いま手に入る『壁抜け男』
・異色作家短篇集17,
　中村真一郎訳, 早川書房
・ちくま文学の森 3巻　変身ものがたり,
　中村真一郎訳, ちくま文庫

※『おにごっこ物語』は岩波少年文庫から
　かつて刊行されていたが,
　品切れで入手できなくなっている。

おさえておきたいフレーズ

Quittant son siège, il entra dans le mur qui séparait son bureau de celui du sous-chef, mais il y entra avec prudence, de telle sorte que sa tête seule émergeât de l'autre côté.

Il sentait en lui un besoin d'expansion, un désir croissant de s'accomplir et de se surpasser, et une certaine nostalgie qui était quelque chose comme l'appel de derrière le mur. Malheureusement, il lui manquait un but.

自分の席を離れると, 彼(デュティユール)は自室と次長の執務室を隔てている壁の中に入っていった。だが, 入るときには慎重にことを運び, 頭だけが向こう側に出るようにした。

> パワハラ次長に対して, デュティユールが壁抜け能力を使って最初に復讐するときのこと。

　彼(デュティユール)は, 心の中に, 自分を解放したいという欲求を感じていた。自己の目標を達成し, 自己の限界を乗り越えたいという考えが次第に強くなっていたのだが, それは同時に, ある種のノスタルジーに似たもの, 壁の背後から呼びかけてくるような何かであった。ただ, 不幸なことに, 彼にはこれといった目標がなかったのである。

> 次長への復讐に成功したあと, デュティユールが目標を達成することへの欲望に目覚める瞬間。

『壁抜け男』

"L'Ecume des Jours"

『日々の泡』

1947年

Boris Vian

ボリス・ヴィアン

1920-59。詩人，作詞家，翻訳家，映画作者，トランペット奏者など多彩な面を持つ。戦後まもなく，ヴァーノン・サリヴァン名義でハードボイルドスリラー『墓に唾をかけろ』を刊行。黒人青年の残虐な復讐を描いた作品として論議を巻き起こした。その後，ヴィアンの名前で『心臓抜き』，『北京の秋』，そして本作と次々に発表していった。詩集『死ぬのはいやだ』，戯曲『帝国の建設者』などのほか，『ジャズの歴史』も書いている。

ボリス・ヴィアン

Boris Vian

| あらすじ

コランは22歳の大金持ちの若者。独身で, 豪華なアパルトマンに料理人のニコラと2人で暮らしている。ニコラは有名なシェフの弟子で, 毎日, ウナギのパテのような独創的な料理をつくってはコランを楽しませている。ウナギは水道の蛇口から顔を出したところを捕らえたので, 食材の鮮度は請け合いなのだ。

コランは音と味覚が連動するカクテル・ピアノを発明し, デューク・エリントンのジャズ・ナンバーを弾くことで同名のカクテルをつくることができるようになった。

コランには同い年の親友シックがいる。シックは作家のジャン・ソール・パルトルの熱心なコレクターで, パルトル関係のものならどんなアイテムでも収集しようとするので, いくら金があっても足らず, 恋人のアリーズと結婚できずにいる。ちなみに, 18歳のアリーズは29歳のニコラの姪という関係である。

シックとアリーズの関係をうらやましく思っていたコランは, ある晩, イジスという女友達のパーティーでクロエと出会い, 恋に落ちる。デートして, すぐにクロエと婚約を交わし, シックとアリーズを自宅に招いて, 婚約を発表しようとするが, シックの収集癖のため2人の仲がうまくいっていないことを知ると, 自分の財産の四分の一をシックに贈与したいと申し出る。その金があれば, 結婚に反対しているアリーズの両親を説得できるからだ。

『日々の泡』

"L'Ecume des Jours"

『日々の泡』／ボリス・ヴィアン 作

　盛大な結婚式が終わり、白いリムジンをニコラに運転させて新婚旅行に出たコランとクロエは、途中で道に迷い、ホテルに一泊するが、コランがふざけてニコラに投げた靴が部屋の窓ガラスを割るというアクシデントが起こったことから、すべては一変する。割れた窓ガラスから入ってきた隙間風のせいで、クロエが咳をし始めたからだ。クロエの咳は旅行から帰ったあとも止まらない。マンジュマンシュ博士の診断を仰ぐと、クロエの肺には睡蓮が生えていることが判明する。睡蓮の成長を止めるには、毎日、病室をほかの花の匂いで満たさなければならない。花代の工面に追われたコランは財産を擦り減らすが、睡蓮はクロエのもうひとつの肺も冒し始めていた。

　一方、シックがコランから贈与された財産をすべてパルトルのアイテム収集に費やすのを見たアリーズはついに重大な決心をする。そして……。

講義

恋愛小説『日々の泡』が人々をひきつける多面性

　1人の大金持ちの青年が1人の可憐(かれん)な女の子と出会い、恋に落ちて幸せな結婚生活を始めるが、思いもかけぬアクシデントに襲われ、運命は暗転、2人は……。

　まさに、『ダフニスとクロエ』あるいは『ポールとヴィルジニー』を思わせるような牧歌的なボーイ・ミーツ・ガールの物語です。事実、ストーリーは神話のようなシンプルな人物構成と筋書きに基づいているのですが、反対に、ナレーションはおそろしく複雑な構造になっており、研ぎ澄まされた清明な文体に支えられています。ビザール(bizarre 奇妙)でアンソリット(insolite 唐突)な場面やエピソードに満ちていながら、一気に結末へと向かって駆け込んでいくナレーションのスピード感も見事です。

　おそらく、第二次世界大戦以前からリベラルな父親の影響でジャズに親しみ、自らもジャズ・トランペッターだったボリス・ヴィアンにとって、「ジャズのような小説を書く」ことが夢だったにちがいありません。デューク・エリントン楽団がポピュラー・ミュージック「ソング・オブ・ザ・スワンプ」を編曲して名曲「クロエ」を創り出したように、ヴィアンは牧歌的な恋愛物語をベースに、SF小説やハードボイルド・スリラーのようにさまざまな変奏を交えながら、類のない恋愛小説を創り出したのです。

　その結果、小説はシュール・レアリスム小説のような趣きを呈することになります。たとえば、冒頭の「蛇口から出てきたウナギ」はルイ・アラゴンの初期小説を思わせますし、ニコラが

台所で飼っているハツカネズミが人間の言葉を話し出しても だれも驚かないのは『ミッキー・マウス』や『トムとジェリー』さ ながらです。さらに、スケート・リンクの更衣室の係の男が鳩の 頭をしているのはグランヴィルかマックス・エルンストを連想さ せます。また、コランがスケートをしようとして靴を脱ぐと、靴底 が剥がれているのに気づき、靴を水たまりに浸してから革の 再生を促す濃縮肥料を注ぐのは、パルプ・マガジン時代のア メリカSFそのものです。

"フランス語でしかわからない"言葉遊びの面白さ

しかしながら、じつを言うと、『日々の泡』を永遠の古典たら しめているのは、こうしたアメリカン・ポップのカクテルではな いのです。単なるサブカル・ブレンドなら、その流行が過ぎ去 れば、古臭いだけの「昔の最新流行」になってしまうはずです。

では、『日々の泡』がいつの時代でも新しく感じられるのは なぜかというと、それはむしろ、若き日のヴィアンが乱読によっ て蓄積した言葉への鋭い感覚のゆえではないでしょうか？ 『日々の泡』は、たとえモダン・ジャズやSFないしはハードボイ ルド小説などのサブカル的要素をすべて取り除いてしまった としても、十分に鑑賞に堪えるような見事なフランス語で書か れているのです。

そこにはラブレーがあり、ラシーヌがあり、バルザックがあ り、フロベールがあります。しかし、何よりも際立っているのは、 だれにも似ていないヴィアン自身の文体(スティル)です。フラ ンス文学アンソロジーをミキサーにかけてブレンドし、その純 粋エキスを抽出したかのような幾何学的で均整のとれた文体 が読者をひきつけるのです。この意味で、『日々の泡』はまさに フランス語でなければ、その本当の面白さが味わえない類い

の文学作品であると言えます。

さらに、そうした「フランス語でしかわからない」という特徴を明確にしているのは、年上の友人レイモン・クノーから受け継いだ言葉遊びの趣味です。『日々の泡』には、いたるところ地口、新造語、懸詞（かけことば）などの言語遊戯の罠（わな）が仕掛けられていて、わかる人にはわかるような、しかし、わからない人にはわからないでも済むような工夫がなされています。それはちょうど、『新古今和歌集』のような技法で、表の単純な意味と裏の複雑な意味がポリフォニーのような構造で重なっています。一番わかりやすい例を挙げましょう。シックがそのすべてのアイテムを収集の対象としている作家のジャン・ソール・パルトルです。もちろん、もじられているのはヴィアンとも親しかったジャン・ポール・サルトルのことで、そのパトロンヌであるボヴァール公爵夫人というのはサルトルのパートナーだったボーヴォワールのことです。読者は、それがジャン・ポール・サルトルとボーヴォワールのカップルのことだと知らなくとも物語を味わうことができますが、知っていればもっとテクストを楽しむことができるのです。

ヴィアンが描いた「青春」の"あと"にくるもの

とはいえ、『日々の泡』を読んだ読者が、とりわけ、青春の真っ盛りにある若い読者が感動するのは、じつはこうした言語遊びではありません。

若い読者の胸を強く打つもの、それは、あれほどに眩（まばゆ）く輝いていたあの青春の日々がある日、唐突に終わりを告げ、そこからは、長く苦しい、労働と病の日々が続いていくという厳然たる事実を、クロエの肺に生まれた睡蓮という象徴でいやおうなく教えてくれることです。

すなわち、労働を知らなかったコランは、クロエの肺の睡蓮の成長を遅らせる特効薬である生花を買うために財産を使い果たし、工場に働きに行かざるを得なくなるのです。おそらく、ヴィアンの頭にあったのはボードレールの『秋の歌』のあの有名な一節ではないでしょうか？

Bientôt nous plongerons dans les froides ténèbres ;
Adieu, vive clarté de nos étés trop courts ! (...)
Tout l'hiver va renter dans mon être : colère,
Haine, frissons, horreur, labeur dur et forcé,

まもなく、ぼくたちは沈むだろう、冷たい闇の中に
さらば、あまりにも短かった眩い夏の輝きよ！(中略)
冬のすべてが僕の存在の中に戻ってくる、怒り、
憎しみ、戦慄、恐怖、強いられたきつい労働が

　「あまりにも短かった眩い夏の輝き」という「青春」のあとには、「怒り、憎しみ、戦慄、恐怖、強いられたきつい労働」がやってくるというこの構造をヴィアンに思い知らせたのは、ほかならぬヴィアンの父親だったにちがいありません。父親はコランと同じように、親の莫大な財産でパリ郊外の大邸宅に住んで趣味に没頭し、子どもたちにも好きな道を歩ませようとしていましたが、1929年のウォール街大暴落で破産し、さまざまな賃仕事に手を染めざるを得なくなったからです。

　また、クロエの肺に咲いた睡蓮は、その後のヴィアンの人生の予兆でもありました。1959年、ヴィアン自身が重い肺気腫を患い、自作を原作にした映画『墓に唾をかけろ』の試写の最中に発作で急逝したからです。39歳のあまりにも若すぎる

死でしたが、この死をきっかけにヴィアン伝説が生まれ、『日々の泡』がフランスの若者たちの「青春の愛読書」となるのですから、ヴィアンの「あまりにも短かった眩い夏の輝き」は決して無駄ではなかったのです。

現在の視点

ヴィアン研究は、彼の本質にある"belles-lettres"に焦点を

　ボリス・ヴィアンは後に世界中で「○○族」と呼ばれることになる若者たちの元祖「サン=ジェルマン=デ=プレ族」の中心人物で、サン=ジェルマン=デ=プレが一気に人気スポットとなるために仕掛け人の役割を果たしました。しかし、以後、ヴィアンによく似た若者はそれこそごまんと現れましたが、ヴィアンのようになれた人は1人もいません。なぜかといえば、ありとあらゆるサブ・カルを駆使しているように見えながら、ヴィアンの本質にあるのはベル・レットル、つまり由緒正しいフランス文学の伝統だからです。今後のヴィアン研究では、むしろ、「正統なフランス文学の継承者ヴィアン」が中心になってくるのではないでしょうか？

翻訳書ガイド

いま手に入る『日々の泡』
・新潮文庫、曾根元吉訳
※『うたかたの日々』のタイトルで、ハヤカワepi文庫、伊東守男訳と光文社古典新訳文庫、野崎歓訳がある。
※ヴィアンの小説を原作にした岡崎京子による
　コミック『うたかたの日々』が宝島社より刊行されている。

おさえておきたいフレーズ

―― Ce pâté d'anguilles est remarquable, dit Chick. Qui t'a donné l'idée de le faire ?
―― C'est Nicolas qui en a eu l'idée, dit Colin. Il y a une anguille ―― il y avait, plutôt ―― qui venait tous les jours dans son lavabo par la conduite d'eau froide.

―― Ce nénuphar, dit Colin. Où a-t-elle pu attraper ça ?
―― Elle a un nénuphar ? demanda Nicolas.
―― Dans le poumon droit, dit Colin. Le professeur croyait au début que c'était seulement quelque chose d'animal. Mais c'est ça. On l'a vu sur l'écran. Il est déjà assez grand, mais enfin, on doit pouvoir en venir à bout.

「このウナギのパテはすごいね」とシックが言った。「いったいだれが考えたんだ?」

「思いついたのはニコラだよ」とコランは答えた。「毎日,水道管を伝って洗面台に顔を出すウナギがいるんだ,いや,いたんだ」

> ウナギは,パイナップル味の歯磨き粉の匂いにひかれて蛇口から顔を出していたのだ。ニコラは捕まえて頭を切断した。それから蛇口をひねると残りの部分が出てきたのだった。

「あんな睡蓮」とコランが言った。「いったい,どこで罹(かか)ってしまったんだろう?」

「睡蓮って,クロエが睡蓮を?」とニコラは尋ねた。「そう,右の肺の中にね」コランが答えた。「先生も初めは,何か動物みたいなものが寄生していると思っていたんだが,なんと睡蓮だったのさ。スクリーンに映ったところをこの目で見たよ。もうかなり大きくなっている。でも,結局のところ,始末することはできるらしいんだ」

> 新婚旅行以来,咳きこむようになったクロエは,名医マンジュマンシュ博士から肺の中に睡蓮が生えていると宣告される。2人を病院に車で迎えにきたニコラに,コランは診断の結果を報告する。

"Les Gommes"

『消しゴム』

1953年

Alain Robbe-Grillet

アラン・ロブ＝グリエ

1922-2008。映画監督,脚本家でもある。農業学校で学び,農業技師としてフランス植民地を回った後,執筆活動に入った。本作をデビュー作として発表,ロラン・バルトに絶賛された。続く『覗く人』によってヌーヴォー・ロマンの旗手となり,『嫉妬』,『迷路のなかで』を発表。アラン・レネ監督の『去年マリエンバートで』の脚本を担当し,映画の世界へ。最初の監督作品は『不滅の女』。その後も,小説,映画ともコンスタントに発表した。

Alain Robbe-Grillet

アラン・ロブ゠グリエ

| あらすじ

午前6時,とある港町のカフェで,主人が店を開く準備を進めている。2階にある貸し部屋の宿泊客(特別捜査官ヴァラス)を起こしにいくが,客はすでに外出したあとだった。飲んだくれの常連客がやってきて,昨夜,アルベール・デュポンという男が近くのコリントス通りで殺されたと新聞に出ていたと語り始めるが,主人は,被害者はダニエル・デュポンで,腕を撃たれただけで殺されてなどいないと答える。デュポンの家政婦が医者を呼ぶためにカフェに電話を掛けに来たからよく知っているのだ。

経済学者ダニエル・デュポンはある組織に狙われ,殺し屋ガリナティに自宅で銃撃されて腕を負傷するが,電話で駆けつけたジュアール医師と友人のマルシャには,自分の「死体」は首都の関係機関に運ばれたことになっていると語り,2人に行動の指針を与える。どうやら,連続殺人を仕組んでいる組織と内務省とのあいだに暗闘があり,地元警察を飛び越えて内務省が事件を全面的に掌握しようとしているようだ。

一方,デュポン殺しに失敗したガリナティは,ヴァラスという特別捜査官が送られてきたので注意という伝言を組織から受け取る。ガリナティは翌日,もう一度,「仕事」をやり直そうと思う……。

以上のような「序章」のあと,ようやく物語が始まる。

特別捜査官ヴァラスは,上役のファビユスからダニエル・

"Les Gommes"
『消しゴム』／アラン・ロブ＝グリエ 作

デュポン殺人事件の調査を命じられてこの港町に来たのだが，捜査はいっこうに進行しない。地元警察署長ローランは，ジュアール医師からの連絡で昨夜，現場検証を行ったが，死体は指揮権と同時に特別捜査局に奪われてしまったからなすすべはないと協力を拒む。ヴァラスは当惑しつつも，警察署長から聞き出した「殺人現場」に出掛け，耳の遠い家政婦から事情を聴取する。家政婦は，デュポンは腕に怪我をしただけだったから，車で運んでいった医師が殺したにちがいないと証言する。

しかし，ジュアール医師は不在で面会はかなわない。しかたなく，ヴァラスは目撃者探しに捜査を切り替え，向かいの建物の住人から犯行時間にレインコートの男が，通りでなぞなぞの好きな酔っ払いに絡まれていた事実を聞き出す。カフェに戻ると，そこには，例のなぞなぞの好きな酔っ払いがいたが，酔っ払いは昨日ヴァラスに会ったのに知らん顔をしていたのはなぜだと絡み始める。さらに，郵便局に行くと，局員の女性がヴァラスをレインコートの男と勘違いして局留め郵便を渡してくれる。こうしてヴァラスは，レインコートの男の足取りを追ううちにいつしか……。

講義

小説『消しゴム』の文学作品としての評価

1953年にアラン・ロブ゠グリエの『消しゴム』がエディシオン・ド・ミニュイ社から出版され,翌年,新進気鋭の批評家ロラン・バルトがこれを「対物的(オブジェクティブな)文学」として絶賛するや否や,ロブ゠グリエは新しい文学の担い手として俄然,注目されるようになります。そして,『消しゴム』は,伝統的な小説の読者から「こんなものは小説ではない」と激しく否定される一方,小説の約束事に不満を感じていた読者からは熱烈に支持され,後に"ヌーヴォー・ロマン"と総称される潮流の最初の結実として高く評価されるに至ります。

では,発表から60年たった今日,21世紀の小説に慣れた読者が『消しゴム』を読むと,いったいどのような感想を抱くことになるのでしょうか?

非常に読みにくいという当然の反応がある反面,「思っていたよりも読みやすいし,おもしろい」という声もかなりあがるはずです。あるいは「期待していたほどアヴァンギャルドな小説ではない」という意見も出るかもしれません。60年のあいだに小説の観念も技法も進化しているので,少なくとも『消しゴム』が発表時のような激烈な拒否反応を引き起こすことはなくなっているようです。

『消しゴム』が当時の文学界に与えた3つの衝撃

しからば,60年前に『消しゴム』はなにゆえにあれほどの衝撃を文学界に与えたのでしょうか?

第一に、日本人には理解しにくいかもしれませんが、ナレーションの時制にあります。『消しゴム』は直説法現在で語られますが、じつを言うと当時はこの直説法現在のナレーションが強い反発を引き起こしたのです。小説には単純過去〔歴史・物語に特化した過去の時制〕を用いるという約束事があったからです。しかし、いまではジャン゠フィリップ・トゥーサンのようにこの直説法現在が好きな作家もいますから、違和感はだいぶ薄らいでいるはずです。

　第二は、感情を排した客観的事物描写です。もちろん、バルザックに代表される伝統的な小説にも長い事物描写はありましたが、それらの描写はなんらかの意味（たとえば登場人物の性格や社会階層の暗示）に奉仕するためのものでした。

　ところがロブ゠グリエの小説では、描写の必然性が容易には理解できないようになっています。たとえば、四つ切りにされたトマトの微に入り細を穿つ細密描写などを読んでいると、いったいこのトマトはストーリーと何の関係があるのかと不安になってきます。もちろん、それもロブ゠グリエが狙った効果なのですが、ロラン・バルトが絶賛したこうした「対物的（モノに向いた）」描写は当時の読者ばかりか、描写慣れしていない現代の読者をも悩ませるにちがいありません。

　第三は、頻繁に起こるナレーションの転換です。段落ごとにあるいは文章ごとに、カメラ・アイの視点が置かれている人物が換わり、ヴァラスの目から見ている光景かと思うといつの間にか別の人物のそれに換わっているなどということがしばしば起こります。しかし、この技法は、今日ではハードボイルド系のエンターテインメント小説にはよく用いられるようになっていますから、それほど違和感なく受け止められるかもしれません。

現代に見る小説『消しゴム』の凄さとは

　さて,以上のような60年前と現在の「受け止め方」の比較を行ったうえで,『消しゴム』の今日的評価について考えてみましょう。『消しゴム』はどこがどう「凄い」のでしょうか?

　思うに,それは『消しゴム』が「小説とは何かを問う小説」として書かれている点です。ロブ゠グリエは,伝統的な小説に慣れた読者を動揺させるようなさまざまな技法を凝らしながら物語を進めていきますが,しかし,当然,「小説とは何かを問う小説」には大きな矛盾が含まれています。小説の約束事を踏まえなければ小説はつくれませんが,しかし,小説の約束事を守っていたのでは,普通の小説になってしまい,小説とは何かを問うことはできません。

　この試みがどれほど困難であるかを説明するには,日本語をまったく知らない外国人に日本語だけで日本語の文法を,しかも視覚資料やジェスチャーなどを使わずに教える授業というものを想定してみるとわかりやすいかもしれません。簡単な日本語を教えるのに,難しい日本語を使って説明しなければならないのですから,そこに大きな困難が待ち構えているはずなのです。

　しかし,ロブ゠グリエはあえてその困難な試みに挑みました。では,どのような方法を用いたのでしょうか?　それは,社会心理学などでいうところの「予言の自己実現」とか「予言の自己成就」と呼ばれる再帰的円環構造を用いるという方法です。大恐慌が起こるという予言があると,人々はそれを回避しようと行動するが,それがかえって大恐慌を招いてしまうという類いです。

　『消しゴム』では序章において,ダニエル・デュポン教授の殺

人事件はじつは殺人ではなく未遂であり、暗殺組織と戦う内務大臣の指令で、デュポン教授は殺されたことになっているにすぎないという「事実」が「読者」には明かされてしまいますが、事件の捜査を命じられたヴァラスには、その「事実」は明かされていません。ここがミソなのです。

というのも、ヴァラスは死体なき殺人事件という難事件を解決しようとするうちに、どうしても解けない謎に突き当たり、その謎を解くには、準備されつつある第二の殺人の現場に居合わせなければならないと思い込むようになりますが、その思い込みこそがあっと驚くような結末を用意することになるからです。

ひとことで言えば、『消しゴム』とは、「予言の自己実現」という神話的方法を用いることで、小説は作者の自由になるように見えてそのじつ、目に見えない大きな枠組に規定されているという事実を明らかにしているのです。

現在の視点

ロブ゠グリエが考えた
「小説とは何かを問う小説」とは

『消しゴム』で使われている「予言の自己実現」の「予言」とは、オイディプス神話に登場するデルポイ神殿の巫女の有名な神託のことです。ですから、この点を見抜くと、まったく無駄な描写と思えた描写がじつは、このオイディプス神話を強調するための布石であったことがわかるはずです。ロブ゠グリエは、ジェイムズ・ジョイスにならって、ギリシャ神話を下敷きにして、『消しゴム』を書いているのです。

ことほどさように,「小説とは何かを問う小説」とは,自らが解こうとしている謎の構造を物語内容と物語形式の両方で徐々に開示していくような小説と言っても差し支えないのではないでしょうか?

翻訳書ガイド

いま手に入る『消しゴム』
・光文社古典新訳文庫, 中条省平訳

おさえておきたいフレーズ

Dans la pénombre de la salle de café, le patron dispose les tables et les chaises, les cendriers, les siphons d'eau gazeuse; il est six heures du matin.

Apercevant une papeterie ouverte, Wallace y entre à tout hazard. Une très jeune fille, qui était assise derrière le comptoir, se lève pour le servir.
—— Monsieur ?
Elle a un joli visage un peu boudeur et les cheveux blonds.
—— Je voudrais une gomme très douce, pour le dessin.
—— Mais oui, Monsieur.

La chair périphérique, compacte et homogène, d'un beau rouge de chimie, est régulièrement épaisse entre une bande de peau luisante et la loge où sont rangés les pépins, jaunes, bien calibrés, maintenus en place par une mince couche de gelée verdâtre le long d'un renflement du cœur.

カフェの店内の暗闇で，主人がテーブルと椅子を並べ，灰皿とソーダ水のサイフォンを置いている。午前6時だ。

> まるでフランス語の入門教科書のような，直説法現在で書かれた冒頭の一句。この文体が当時の読者を驚かせたのである。

　文房具店が開いているのを見て，ヴァラスはふらりと店に入っていく。カウンターの後ろに座っていた非常に若い娘が用件を聞こうと立ち上がった。『何か御用でしょうか？』娘は美しい顔立ちだが，少しすねたようなところがある。そして，金髪だ。『すごく柔らかい消しゴムがほしいんですけど。製図用のね』『ございますとも』

> ヴァラスはなぜか，繰り返し，消しゴムを買う。そのたびにかなり執拗な描写がある。

　周りの果肉は，よく締まって均質，化学製品のような美しい赤色をしている。光り輝く1枚の果皮と果室のあいだで均等な厚さをもっている。果室の中には黄色い果実が正確な間隔で並び，ハート形のふくらみに沿って，緑色がかったゼリー状物質の薄い層の中に埋め込まれている。

> ヴァラスがセルフ・サービスのレストランで注文した四つ切りトマトの対物的な描写。

本書はNHK『テレビでフランス語』
2013年4月号から
2015年3月号にかけて
連載したものをまとめたものです。

鹿島 茂

Shigeru Kashima

かしま・しげる／仏文学者, エッセイスト, 明治大学教授。1949年生まれ。東京大学大学院人文科学研究科博士課程単位取得満期退学。古書コレクターとしても知られる。著書は100冊を超え,『馬車が買いたい！』でサントリー学芸賞,『子供より古書が大事と思いたい』で講談社エッセイ賞,『職業別パリ風俗』で読売文学賞評論・伝記賞,『成功する読書日記』で毎日書評賞を受賞している。

「おさえておきたいフレーズ」の訳は著者の手による。

フランス文学は役に立つ!

『赤と黒』から『異邦人』まで

2016年7月15日 第1刷発行
2020年9月20日 第5刷発行

著者: 鹿島 茂
©2016 Shigeru KASHIMA

発行者: 森永公紀
発行所: NHK出版
〒150-8081
東京都渋谷区宇田川町41-1
電話:
0570-009-321(問い合わせ)
0570-000-321(注文)
ホームページ
https://www.nhk-book.co.jp
振替00110-1-49701
印刷: 研究社印刷, 大熊整美堂
製本: ブックアート

Printed in Japan ISBN 978-4-14-035145-1 C0085

イラスト: 岸リューリ
ブックデザイン:
岡本一宣デザイン事務所
校正: 円水社

乱丁・落丁本はお取り替えいたします。定価はカバーに表示してあります。本書の無断複写(コピー、スキャン、デジタル化など)は、著作権法上の例外を除き、著作権侵害となります。